BRIGITTE RIEBE

WEIHNACHTEN AM KU'DAMM

ROMAN

ROWOHLT TASCHENBUCH VERLAG

Veröffentlicht im Rowohlt Taschenbuch Verlag,
Hamburg, November 2021

Redaktion Susann Rehlein
Gedicht auf S. 5 aus: Erich Kästner: Interview mit dem Weihnachtsmann, Atrium Verlag, Hamburg
Liedtext auf S. 31: Irving Berlin
Liedtext auf S. 32: Joseph Mohr
Gedicht auf S. 143: aus: Theodor Storm:
Sämtliche Werke in vier Bänden, Band 1, Deutscher Klassikerverlag, Frankfurt am Main
Volkslied auf S. 148: Leicht modifizierte
Version von Auld Lang Syne,
aufgezeichnet von: Robert Burns
Covergestaltung Hafen Werbeagentur, Hamburg
Coverabbildung Stephen Mulcahey, Mark Owen/Trevillion Images; Ullstein Bild; Shutterstock; iStock; textures.com
Satz aus der Adobe Garamond
Gesamtherstellung CPI books GmbH, Leck, Germany
ISBN 978-3-499-00527-5

Morgen, Kinder, wird's nichts geben!
Nur wer hat, kriegt noch geschenkt.
Mutter schenkte euch das Leben.
Das genügt, wenn man's bedenkt.
Einmal kommt auch eure Zeit.
Morgen ist's noch nicht so weit.

Doch ihr dürft nicht traurig werden,
Reiche haben Armut gern.
Gänsebraten macht Beschwerden,
Puppen sind nicht mehr modern.
Morgen kommt der Weihnachtsmann.
Allerdings nur nebenan.

Lauft ein bisschen durch die Straßen!
Dort gibt's Weihnachtsfest genug.
Christentum, vom Turm geblasen,
macht die kleinsten Kinder klug.
Kopf gut schütteln vor Gebrauch!
Ohne Christbaum geht es auch.

Tannengrün mit Osrambirnen –
lernt drauf pfeifen! Werdet stolz!
Reißt die Bretter von den Stirnen,
denn im Ofen fehlt's an Holz!
Stille Nacht und heilge Nacht –
Weint, wenn's geht, nicht! Sondern lacht!

Morgen, Kinder, wird's nichts geben!
Wer nichts kriegt, der kriegt Geduld!
Morgen, Kinder, lernt fürs Leben!
Gott ist nicht allein dran schuld.
Gottes Güte reicht so weit …
Ach, du liebe Weihnachtszeit!

Erich Kästner

1

Berlin, 17. Dezember 1946

Sie war gerade erst aus dem Haus getreten, da tat ihr der Streit eben am Frühstückstisch schon wieder leid. Aber kaum jemand konnte Rike Thalheim so rasch auf die Palme bringen wie ihre jüngere Schwester Silvie. Mit den blonden Haaren, den veilchenblauen Augen und den rosigen Lippen sah sie aus wie die Unschuld in Person – dabei hatte Silvie es faustdick hinter den hübschen Ohren.

«Natürlich brauchen wir einen Baum! Sonst ist es doch kein richtiges Weihnachten», hatte sie trompetet, als Rike ihre Familie vorsichtig darauf einstimmen wollte, dass es dieses Jahr leider ohne gehen müsse. Rübenkraut, hartes Brot, Muckefuck – angesichts dieses kargen Frühstücks hätte man fast glauben können, der Krieg sei noch immer nicht vorbei. Doch das war er, bereits seit mehr als anderthalb Jahren. Dennoch war die Not überall in Deutschland immens groß – und die Lebensmittelzuteilungen der Alliierten verschwindend klein.

«Und woher sollen wir diesen Baum bitte nehmen?» Es war Rike schwergefallen, Floris herabgezogene Mundwinkel zu übersehen. Florentine, genannt Flori, war das Nesthäkchen der Familie. Sie würde doch nicht zu weinen anfangen? «Sogar der große Tiergarten ist bis auf den letzten Strauch abgeholzt, weil die frierenden Berliner alles verfeuert haben.»

Auch Brennmaterial fehlte hinten und vorne. Alles nur Denkbare hatten die Menschen benutzt, um gegen die beißende Kälte anzukämpfen, doch nun schienen die Quellen nahezu versiegt.

«Dir fehlt es einfach an Phantasie, Schwesterherz», fuhr Silvie fort. «In Zeiten wie diesen muss man offen für ungewöhnliche Lösungen sein, sonst wird es natürlich nix.»

«Wenn das heißen soll, dass du dich wieder auf dem Schwarzmarkt rumtreiben willst …»

«Die Speckschwarte in der Graupensuppe hat euch allen doch gut gemundet, oder?» Wenn nötig, konnte Silvie scharf zurückschießen. «Also sag mir gefälligst nicht, wie ich meine Geschäfte betreiben soll, sondern kümmere dich lieber um deine eigenen Angelegenheiten!»

Dass sie stets das letzte Wort haben musste!

So war es schon gewesen, als sie noch Kinder waren. Rike liebte ihre Schwester, aber sie gerieten immer aneinander, zwei starke Persönlichkeiten, charakterlich so unterschiedlich wie Tag und Nacht – und dennoch untrennbar miteinander verbunden, sobald es darauf ankam.

Ein letztes Mal schaute sie hoch zu den Eisblumenfenstern im zweiten Stockwerk, als ihr ein frostiger Windstoß unter die Röcke fuhr. Rike steckte die Hände in die Taschen des braunen Mantels, der ihr inzwischen viel zu weit geworden war, und marschierte los. Allmählich gingen ihnen die Kleidungsstücke aus. Das Stofflager auf dem Speicher, das noch aus Vorkriegszeiten stammte, einzig und allein für die Kundschaft bestimmt, leerte sich bedenklich, weil sie nach und nach alles für den Laden verarbeitet hatten. Dabei mussten sie doch auch selbst anständig angezogen sein, wenn sie andere Frauen zum Kauf animieren wollten! Schnee knirschte unter ihren Füßen, während sie ausschritt, von den meisten Dachrinnen hingen fette weiße Eiszapfen. Zu Fuß war es nicht weit von der Bleibtreustraße, wo die Familie reichlich beengt in der ehemaligen Wohnung von Oma Frida untergekommen war, bis hin zum Savignyplatz, an dem der kleine Laden für Damenmoden lag, doch sie begann schon nach den ersten Metern zu bibbern.

Rike verbot sich, an die noble, früher stets großzügig beheizte Familienvilla am Branitzer Platz zu denken, die zunächst die Russen okkupiert hatten und in der nun britische Besatzungsmächte einquartiert waren. Im Dachgeschoss hatte ihre kleine Einliegerwohnung gelegen, ein ganz auf sie zugeschnittenes eigenes Reich, von dem sie gerade nur träumen konnte. Noch schmerzlicher aber war für sie bei der Überquerung des Ku'damms der Blick in Richtung Gedächtniskirche. Schräg gegenüber der Kirchenruine hatte einst das *Modekaufhaus Thalheim* gestanden, in ganz Berlin bekannt für seine exklusive Kleidungsvielfalt. In jener Schreckensnacht vom 22. auf den 23. November 1943 war es ebenso wie die Kaiser-Wilhelm-Gedächtniskirche durch britische Bomben in Flammen aufgegangen.

Würde das Kaufhaus jemals aus den Trümmern wiederauferstehen können?

Der Schlüssel für seine mögliche Zukunft lag in ihren Händen, ein Geheimnis, das Rike manchmal die Luft abzuschnüren drohte, während sie mit ansehen musste, wie ihre Liebsten derzeit wie alle anderen hungerten und froren. Es war so kalt wie kaum je zuvor, schon jetzt sprach man von einem «Jahrhundertwinter», der das Wasser in den Gläsern gefrieren ließ und dazu führte, dass manche morgens als eisstarre Leichen in ihren Betten lagen. Sechs harte Kriegsjahre hatten die Menschen zermürbt; dazu kam der Hunger, verursacht durch die mageren Lebensmittelzuteilungen der Alliierten. Mit Sprüchen wie «Wer hungern kann, der kann auch frieren», versuchten die Berliner irgendwie diese schwere Zeit zu meistern, aber es war deutlich zu merken, dass ihnen ihr berühmter Humor langsam ausging, so prekär war die aktuelle Lage.

Wir sind am Leben und haben ein Dach über dem Kopf, dachte Rike im Weitergehen, das ist schon sehr viel, auch wenn wir oft ohne Gas oder Strom auskommen müssen. Das Geschäft sichert uns zumindest ein kleines Einkommen. Und der Tag wird kommen, an dem wir wieder …

Um ein Haar wäre sie über den Mann gestolpert, der vor einer der Haustüren auf einem leeren Kohlensack hockte. Uralt kam er ihr vor, das Gesicht bis zum Schädel abgemagert, die Haut grau wie Pappe. Er trug einen mehrfach geflickten Militärmantel, der unten aufklaffte. Sein linker Unterschenkel fehlte, das Hosenbein war mit einer groben Sicherheitsnadel in Höhe des Knies fixiert. Immer mehr solcher versehrter Kriegsheimkehrer begegnete man inzwischen in Berlin, Jammergestalten, dem

Tod oft näher als dem Leben. Einige von ihnen waren in Notunterkünften wie Wellblechbaracken untergekommen, im Volksmund *Nissenhütten* genannt, die sich kaum oder gar nicht heizen ließen. Der erbarmungslos kalte Winter, unter dem das besiegte Deutschland ächzte, machte ihnen besonders schwer zu schaffen.

«Bitte», flüsterte er. «Erbarmen Sie sich meiner – ich bin am Verhungern!»

«Stehen Sie bloß auf», erwiderte Rike. «Das eiskalte Trottoir bringt Sie sonst noch um.»

Er stieß ein kurzes Lachen aus, das eher einem Knurren glich.

«Das nennen Sie kalt? In Russland haben wir Temperaturen erleben müssen, die gingen noch zwanzig und mehr Grad tiefer. Da!» Er streckte ihr seine Hand entgegen, einen bläulichen Stumpf, an dem keine Finger mehr waren. «Abgefroren! Einer nach dem anderen …»

Das war keiner, der simulierte. Rike reagierte sofort.

«Ich kann Ihnen meine Stulle geben. Griebenfett, allerdings ganz dünn aufgestrichen. Mehr habe ich auch nicht.»

Sie griff in ihre Tasche und reichte ihm das eingepackte Brot, das er mit der linken unversehrten Hand verdutzt entgegennahm. Ein winziges Lächeln erhellte sein Gesicht, und plötzlich erkannte sie, wie jung er noch war. Anfang zwanzig, älter nicht. So alt wie Oskar, ihr Bruder, verschollen im fernen Russland. Silvie, seine Zwillingsschwester, behauptete steif und fest, Oskar sei nicht tot, sondern müsse irgendwo in einem sowjetischen Lager interniert sein, sonst würde sie es spüren. Doch seitdem

Rike vor ein paar Wochen im Laden von einem dreisten Betrüger überrumpelt worden war, der sich als Oskars Kriegskamerad ausgegeben hatte und ganz offensichtlich Mamas Ehering von ihm ergaunert hatte, glaubte sie weniger denn je daran. Das war der Talisman des Bruders, mit dem er ins Feld gezogen war – niemals hätte Oskar sich freiwillig von dieser Erinnerung an die tote Mutter getrennt!

Daran zu denken tat so weh, dass sie nicht länger stehen bleiben konnte. Deshalb ging sie schnell weiter, bemüht, auf dem eisigen Untergrund nicht auszurutschen. An Luxus wie Streusalz war in der zerstörten Stadt nicht zu denken, geschweige denn an eine festliche Lichterdekoration, wie sie vor dem Krieg üblich gewesen war. Weihnachten hatte immer geleuchtet, war bunt und fröhlich gewesen, so Rikes Erinnerungen. An diesem trüben Vormittag jedoch war ganz Charlottenburg grau. Überall zwischen den stehengebliebenen Häusern klafften hässliche Bombenlücken, und auch wenn sich inzwischen der widerliche Gestank nach verbranntem Gummi und Leichenteilen der ersten Nachkriegszeit verflüchtigt hatte, so fehlte doch jener aromatische Duft nach Tannengrün, Bratäpfeln und Zimt, der so typisch für die letzten Tage vor Weihnachten gewesen war.

Sie durchquerte die S-Bahn-Unterführung und war nach ein paar weiteren Schritten endlich an ihrem Ziel angelangt. Mit klammen Fingern schloss Rike den Laden auf.

Welch Gegensatz zu dem dreistöckigen, lichtdurchfluteten *Modekaufhaus Thalheim*, das seine

Kunden schon am Eingang zum Staunen gebracht hatte! Der ebenerdige Laden war niedrig, trotz der angebrachten Funzeln noch immer zu dunkel und roch, wie sie selbst zugeben musste, nicht sonderlich einladend. Ein paar Stangen mit Kleidern, ein fleckiger Standspiegel, ein alter Vorhang, der als Kabinenprovisorium herhalten musste, ein umlackierter Tresen plus Registrierkasse, die ständig klemmte, zwei Hocker, die ihre besten Tage bereits hinter sich hatten.

Und auch hier war es lausig kalt.

Noch in Mantel und Schal, begann sie das kleine Öfchen im zweiten Raum zu befeuern, dessen Leistung allerdings, wie sie aus leidvoller Erfahrung wusste, begrenzt war. Da brachte die Kochhexe gegenüber der Eingangstür mehr, die Brahm vor ein paar Tagen überraschend angeschleppt und gleich eigenhändig angeschlossen hatte. Auf der Herdplatte ließ sich sogar Teewasser kochen, sofern man etwas Geduld aufbrachte. Allerdings ging die Kohle dafür langsam aus. Selbst wenn Rike das rare Heizmaterial eisern rationierte, würde sie damit wohl kaum bis Heiligabend auskommen – und was danach?

Ach, es fehlte einfach an allem!

Ihre Schultern sackten nach unten, während sie sich aus dem Mantel schälte, und jetzt, wo keiner sie sehen konnte, war sie kurz davor, wegen der gesamten Misere in Tränen auszubrechen. Das Klingeln der Türglocke ließ sie zusammenschrecken. Rike wischte sich über die Augen, straffte sich und rang sich ein Lächeln ab.

«Du?», sagte sie verblüfft, als sie den Besucher erkannte. «Was schleppst du denn da mit dir herum?»

«Briketts.» Werner Brahm grinste über das ganze Gesicht. «Da staunste, wa? Keine Kleinigkeit, in diesen Tagen so etwas zu organisieren. Aber du weißt ja, für dich mache ich sogar das Unmögliche wahr. Ich hab draußen noch mehr. Warte!»

Da lag ein Unterton in seiner Stimme, der ihr missfiel. Schon seit längerem betrachtete sie den früheren Geschäftspartner der Familie Thalheim mit wachsendem Misstrauen. Brahm war keiner, der irgendetwas hergab, ohne einen Preis dafür zu verlangen.

«Kannst du gleich wieder mitnehmen», sagte sie knapp, als er mit zwei weiteren Säcken angekeucht kam. «Wir haben kein Geld dafür, weder für einen und erst recht nicht für drei!»

«Wer redet denn von Geld?» Sein breites Lachen entblößte ein Pferdegebiss, wie Silvie immer lästerte, die ihn noch weniger leiden konnte als Rike.

«Bist du taub? Wir können das nicht bezahlen. Zigaretten haben wir auch keine mehr …»

«Betrachte die Briketts einfach als Leihgabe», fiel er ihr ins Wort. «Freunde helfen sich in der Not, so ist es doch, oder?»

Ja, so war es. Nur, dass Brahm kein Freund war.

«Ich muss wieder weiter. Geschäfte, du verstehst.» Ihm war nicht anzuhören, ob ihre mangelnde Begeisterung ihn enttäuscht hatte.

Im Vorbeigehen kam er ihr näher, und Rike wich unwillkürlich zurück. Auf seinem Schädel schimmerte die Kopfhaut bereits an vielen Stellen durch das dünne weißblonde Haar. Bald würde er vollkommen kahl sein, doch das Optische war es nicht, was sie an ihm abstieß. Es rührte von seinem Wesen her, da spürte sie etwas Dunkles, Besitzergreifendes, das ihr manchmal richtig Angst machte.

«Wir beide sind uns ähnlicher, als du denkst», murmelte er. «Ich gebe niemals auf, bevor ich mein Ziel erreicht habe. Genau wie du. Aber das wirst du schon noch kapieren, schöne, stolze Rike. Ich hoffe nur, dann ist es nicht zu spät. Grüß mir die Familie!»

Sie starrte ihm nach, als er nach draußen stapfte, musste sich aber rasch wieder fassen, denn zwei Damen in den besten Jahren betraten den Laden.

«Wir sind zur Hochzeit unserer Nichte eingeladen», sagte die Korpulente. Ein selbstgestricktes rotweißes Wollmützchen saß neckisch auf einem Puschel ergrauter Locken. «Muss ziemlich fix gehen, weil was Kleines unterwegs ist, Sie verstehen! Und da brauchen wir ein neues Kleid.» Sie griff in ihre Tasche. «Kleidermarken haben wir gesammelt und ein paar Scheinchen dazu.» Sie zwinkerte Rike zu. «Angenehm haben Sie es hier, junge Frau! So warm ist es dieser Tage ja selten.»

«*Jede* von uns braucht ein neues Kleid», verbesserte ihre dünne Begleitung grämlich. «Festlich, aber bloß nicht zu aufgedonnert. Ich trage normalerweise eine schmale 38. Meine Schwester allerdings dürfte inzwischen bei Größe …»

«Das werden wir gleich haben», unterbrach sie Rike, die wusste, wie sehr die Damen in den «Komfortgrößen», wie es bei Thalheims dezent hieß, es hassten, öffentlich vorgeführt zu werden. Die meisten Bewohner Berlins hatte der anhaltende Hunger rappeldürr werden lassen. Doch vereinzelt gab es noch immer erstaunlich stattliche Staturen. «Wenn ich die Damen dann an die Kleiderständer bitten dürfte!»

Am späten Nachmittag war Rike müde, und Hunger bohrte in ihr. Mit leiser Wehmut dachte sie an die verschenkte Stulle, die ihren leeren Magen wenigstens ein wenig gefüllt hätte. Längst hatte sich Dunkelheit über die zerstörte Stadt gelegt, und auch das aggressive Heulen des Windes war lauter geworden. Immer wieder äugte sie zu dem Päckchen auf dem Tresen, das die letzte Kundin im Tauschhandel für einen gebrauchten Muff dagelassen hatte: Printen aus Rübenkraut und Ersatzhonig, Haferflockenmakronen und ein gedrungenes Etwas, das den Namen Stollen nicht einmal ansatzweise verdiente. Doch sie blieb stark, rührte nichts davon an. Die Familie würde sich darauf stürzen, besonders Papa, der Süßes liebte und darunter litt, dass Claire, seine zweite Frau, so gar nicht backen konnte.

Der Publikumsverkehr war heute bislang äußerst spärlich gewesen, dabei hatten sie so sehr auf das Weihnachtsgeschäft gesetzt. Aber in diesen Zeiten, in denen die meisten Berliner kaum genug Geld hatten, um satt zu werden, konnten sich die wenigsten eine neue Garderobe leisten.

Sollte sie nicht besser zuschließen und nach Hause gehen?

Jetzt bedauerte Rike, dass sie sich erst so spät mit Miri im Laden verabredet hatte, der wiedergefundenen Freundin aus Jugendtagen, die die letzten Jahre der NS-Herrschaft als jüdisches U-Boot in verschiedensten Verstecken überlebt hatte. Inzwischen wohnten sie in der Bleibtreustraße wieder unter einem Dach, und Miris Nähkünste bildeten das Fundament des Ladens. Geschickt und umsichtig hatte sie auch andere Frauen angeleitet, die ihre Nähmaschinen nun ebenfalls für die Thalheims rattern ließen. Niemals hatte Rike auch nur ein Wort der Klage aus Miriam Sternbergs Mund gehört; nur manchmal senkte sich Melancholie wie eine dunkle Wolke über die feingeschnittenen Züge. Dann hätte Rike die Jüngere am liebsten ganz fest in den Arm genommen und alles ungeschehen gemacht, was ihr an Schrecklichem zugestoßen war, doch das war ja leider unmöglich. Meist kehrte Miri nach kurzem wieder zu jener lakonischen Ausgeglichenheit zurück, die so typisch für sie war.

Gerade fegte sie, früher als verabredet, wie der Winterwind in den Laden, über dem linken Arm einen Kleidersack, rechts ein Kind am Wickel, das sie entschlossen hereinzerrte. Blonde Zotteln, der dunkelblaue Mantel um einiges zu klein; dünne weiße Ärmchen schauten aus den zu kurzen Ärmeln hervor. Wo hatte Miri das kleine Ding nur aufgegabelt?

«Er zittert am ganzen Körper», sagte sie, während sie ihre Last auf dem Tresen ablegte. «Und ausgehungert ist er offenbar auch. Hat mich auf dem Weg hierher ganz schüchtern um Brot angebettelt. Da hat er mir so leidgetan, dass ich ihn einfach mitgenommen habe. Wie heißt du eigentlich, Kleener?»

Ein Junge?

Im ersten Moment hatte Rike das spillerige Ding mit den ungekämmten Haaren, die bis zum schmuddeligen Kragen reichten, für ein Mädchen gehalten.

«Erich.» Die Stimme klang erstaunlich kräftig.

«Und weiter?», fragte Rike.

«Bednarz.»

«Das ist aber kein typischer Berliner Name», sagte Miri.

«Mama und ich sind ja auch aus Breslau.»

Flüchtlinge! Tausende aus den ehemaligen deutschen Ostgebieten lebten inzwischen in der zerbombten Stadt, häufig unter ärmlichsten Bedingungen. Allmählich sickerte durch, unter welch schrecklichen Umständen viele von ihnen die Heimat hatten verlassen müssen: oft von einem Tag auf den anderen, zusammengetrieben in wilden Trecks, entweder zu Fuß oder zusammengepfercht in Viehwaggons. Und was erwartete sie am neuen Ankunftsort? Keiner war erpicht auf diese fremden Menschen von nirgendwoher, die oft nur noch ein paar Kleider zum Wechseln besaßen, in fremd anmutenden Dialekten redeten und zudem womöglich auch noch die verkehrte Religionszugehörigkeit besaßen. Auch Erich und seine Mutter schienen es nicht allzu grandios getroffen zu haben. Seine schmutzigen Hosen wirkten fadenscheinig. Die Stiefel waren verdreckt, die Absätze schiefgelaufen. Außerdem müffelte Erich, als habe er schon lange keine Badewanne aus der Nähe gesehen.

«Ich bring mein Zeug mal weg. Dann haben wir hier mehr Platz.» Miri verschwand nach nebenan, war aber schnell wieder zurück.

«Wo wohnt ihr denn jetzt in Berlin?», wollte Rike wissen.

Erich zögerte. «Carl-Schurz-Straße», murmelte er schließlich.

«Mitten in Spandau also.»

Er nickte knapp.

«Kenne ich von früher», sagte Miri. «Eine Bekannte von uns hatte dort ihre Wohnung. Das ist ja eine ordentliche Ecke von hier entfernt! Und deine Mutter lässt dich einfach so allein in der Stadt herumstreunen? Bist du dafür nicht noch ein bisschen zu jung? Du bist doch höchstens sieben!»

«Gerade acht geworden», korrigierte er. «Ist das dort drüben auf der Theke vielleicht Kuchen?»

Die beiden Frauen tauschten einen raschen Blick.

Rike wollte schon den Kopf schütteln, weil die unverhofft gelieferten Backwaren ja eigentlich für die Familie bestimmt waren, aber Miris bittenden dunklen Augen konnte niemand etwas abschlagen. So packte sie den Stollen aus, nahm ihr altes Taschenmesser und schnitt zwei dünne Scheiben davon ab.

Erich inhalierte sie in Windeseile.

«Ob ich vielleicht noch was davon abhaben könnte?», bat er. «Schmeckt fein!»

«Du hörst dich ja an, als hättest du seit Tagen hungern müssen.» Rike spendierte ihm zwei weitere Scheiben.

«Hab ich auch ...» Er verstummte abrupt und begann erneut zu kauen.

«Deine Mama wird sich langsam Sorgen machen», fiel nun auch Miri ein. «Es ist bereits dunkel und ...»

«Ich komm schon klar. Das weiß sie. Mama kann sich auf mich verlassen – immer.» Der Stollen schien seinen Magen beruhigt zu haben. Jetzt trat er unruhig von einem Bein auf das andere. «Allerdings müsste ich jetzt mal ganz dringend sechen ...»

«Was musst du?», fragte Miri.

«Aufs Klo.» Erich hatte plötzlich rote Wangen. «So heißt das bei uns zu Hause.»

«Die Toilette ist draußen. Komm mit, ich zeig sie dir.» Rike führte ihn durch den zweiten Raum und dann hinaus ins Treppenhaus, wo sich eine halbe Treppe weiter oben hinter einer schmalen Holztür die Toilette befand. Nicht gerade komfortabel, aber immerhin vorhanden. Und eine Rolle dünnes Klopapier gab es auch, die erste seit Wochen.

Erich zögerte plötzlich mit dem Hineingehen, als sei es ihm peinlich, dass sie wartend davorstand.

«Komm einfach zurück in den Laden, sobald du fertig bist», sagte Rike. «Den Weg kennst du ja jetzt.» Sie betrachtete Erich. Nicht nur sein blondes Haar erinnerte sie an Oskar, auch seine vorwitzige Art. Als Kind hatte ihr Bruder sich vermutlich ähnlich verhalten. Jungs konnten sich ab einem gewissen Alter in weiblicher Gegenwart schnell genieren, wenn es um bestimmte Dinge ging, das hatte sie noch bestens in Erinnerung. «Später überlegen wir gemeinsam, was wir mit dir anstellen.»

Er nickte, schloss wortlos die Tür.

«Da hast du ja vielleicht einen merkwürdigen Knirps aufgelesen», sagte sie, als sie wieder bei Miri im Laden war. «Ist dir aufgefallen, wie abgerissen er aussieht? Die Mama dazu würde mich interessieren. Flüchtling hin, Flüchtling her – wer lässt denn sein Kind so verwahrlost herumlaufen?»

«Stell dir nur mal vor, du landest plötzlich in einer riesigen Stadt, wo du keinen einzigen Menschen kennst», erwiderte Miri. «Ohne Geld, ohne alles. Fern von daheim, ohne das Vertraute, was dein Leben bislang ausgemacht hat. Da hast du ganz andere Probleme, als dich um saubere Anziehsachen zu kümmern! Vielleicht kommen sie ja ganz frisch aus einem der Auffanglager? Dort dürfte es um die Hygiene jetzt mitten im Winter auch nicht besonders gut bestellt sein. Außerdem konnten die Flüchtlinge maximal zwanzig Kilo mitnehmen. Da war vielleicht kein Platz mehr für warme Kinderklamotten …»

«Du würdest immer Argumente finden, um jemanden zu verteidigen, den du ins Herz geschlossen hast, nicht wahr?» Rike gab der Freundin einen zarten Stups. «Deshalb lieben wir dich ja auch so sehr. Wo bleibt er übrigens, unser kleiner Streuner? Richtig kuschelig ist es ja schließlich nicht auf unserer eiskalten Toilette! Ich denke, es war eher so: Es gab Streit daheim, er ist ausgerissen, und seine Mama weint sich vermutlich die Augen nach ihm aus …»

«Ich geh ihn holen. Dann können wir ihn das alles selbst fragen», sagte Miri.

Nach ein paar Augenblicken kehrte sie zurück, ohne Erich, dafür mit reichlich verdatterter Miene.

«Und?», wollte Rike wissen. «Wo ist er?»

«Offenbar durch den Hof getürmt», erwiderte Miri mit belegter Stimme. «Dabei hat er allerdings meine Handtasche mitgenommen. Im Portemonnaie waren zwanzig Mark – und meine Lebensmittelmarken für die nächsten beiden Wochen.»

Zu Hause angekommen, erwähnten sie das Malheur im Laden mit keinem Wort, das hatten sie auf dem frostigen Heimweg abgesprochen. Doch die sensible Flori spürte auch so, dass etwas in der Luft lag. Miri, die inzwischen eine eigene kleine Wohnung im Haus hatte, in der sie auch ihre Näharbeiten verrichtete, aß abends oft zusammen mit den Thalheims und steuerte ihre Lebensmittelmarken bei. Als Verfolgte im Dritten Reich stand ihr auf der mageren Versorgungsskala die zweithöchste Stufe zu. Anfangs hatte sie die nicht in Anspruch nehmen wollen, doch Rike hatte sie dazu gedrängt, und inzwischen waren sie alle froh darüber. Denn seitdem Claire, Rike und Silvie nicht mehr als Trümmerfrauen arbeiteten, waren deren Rationen deutlich geschrumpft.

«Ihr zwei seid heute irgendwie komisch», konstatierte Flori beim Abendessen in der Küche. Claire hatte beim Fleischer geschnittene Lunge ergattern können und diese mit Essig und Zwiebeln zu einer Art Haschee verarbeitet, das allerdings fad schmeckte wie das meiste, das Rikes

Stiefmutter zusammenrührte. Auch Taps, der cremeweiße Westie, bekam eine kleine Portion davon ab. Immerhin gab es heute Abend wenigstens Gas, sonst hätte die Küche wie an so vielen anderen Tagen kalt bleiben und sie wieder in Mantel und Schal essen müssen. Vor dem Krieg hatte die Schlesierin Erna Kolowski «ihre» Thalheims mit kulinarischen Spezialitäten verwöhnt, doch dieser Luxus war lange vorbei. «Als ob euch eine fette Laus über die Leber gelaufen wäre.» Floris Kupferlocken wippten, während sie neugierig von Rike zu Miri und wieder zurück schaute.

«Unsinn, ich bin doch wie immer», erwiderte Miri rasch.

«Und ich schlichtweg hundemüde, und Eiszapfenfüße hab ich außerdem», verteidigte sich Rike. «Obwohl Brahm heute ganz überraschend mit drei Säcken Briketts ankam. Ich hab ihm sofort gesagt, dass wir dafür kein Geld haben. Er hat was von Freundschaft genuschelt und sie mir förmlich aufgedrängt.»

«Weil er dir an die Wäsche will.» Silvie ließ ihren Löffel sinken. «Und das vom allerersten Moment an. Zur Not würde er wahrscheinlich auch mit mir vorliebnehmen.» Sie schüttelte sich. «Da ginge ich ja noch lieber in die eisige Spree!»

«Damit scherzt man nicht, Silvie», mahnte Claire.

«Möchtest du ihn vielleicht haben?», gab Silvie zurück.

«*Bien sûr que non! L'homme de mes rêves es assis en face de moi …*» Ihr liebevoller Blick streifte Familienoberhaupt Friedrich Thalheim, der ihr gegenübersaß.

Der Mann meiner Träume – Claire liebte ihren Ehemann wie am allerersten Tag. Die Thalheim-Sprösslinge hatten die junge Halbfranzösin zunächst mit Argwohn betrachtet, als sie so rasch den Platz ihrer verstorbenen Mutter eingenommen hatte. Doch seit Floris Geburt vor dreizehn Jahren war sie von allen akzeptiert und für Rike und Silvie inzwischen fast so etwas wie eine Freundin geworden.

«Brahm weiß immer, wie er zu seinem Vorteil kommt», kommentierte nun Friedrich. «Hab selten einen gerisseneren Burschen getroffen! Natürlich müssen wir uns bei ihm revanchieren. Aber bleibt uns derzeit eine Alternative, wenn wir den Laden nicht zuschließen wollen? Wir werden schon noch rechtzeitig erfahren, was er für seine Hilfe verlangt.» Er gähnte. «War ein anstrengender Tag und davor eine lausige Nacht. Ich geh mich ein wenig ausruhen.» Er zog sich ins Schlafzimmer zurück.

«Geh ruhig auch», sagte Rike zu Claire. «Das bisschen Abwasch schaffen wir ohne dich.»

«Und jetzt will ich endlich wissen, was passiert ist», legte Silvie los, kaum waren die beiden weg. «Flori hat recht: Ist ja kaum mit anzusehen, wie ihr beiden herumdruckst!»

Rike fasste in Kürze zusammen, was nachmittags im Laden passiert war. «Diesen kleinen Gauner sehen wir garantiert niemals wieder», sagte sie. «Ganz schön pfiffig, uns so hereinzulegen! Sehr weit kommt er mit seinen geklauten Marken allerdings nicht. Die gelten ja nur in bestimmten Läden, und die kennt er vermutlich nicht einmal, wenn er in Spandau wohnt – falls das überhaupt stimmt.»

«Ob die Mutter ihn womöglich dazu angestiftet hat?», meinte Silvie. «Vielleicht aus purer Verzweiflung. Manche dieser Flüchtlinge haben offenbar kaum ein Hemd zum Wechseln.»

«Glaube ich nicht», sagte Miri. «Da ging etwas von ihm aus, was mich gerührt hat. Irgendwie hat er verlassen gewirkt. Mutterseelenallein. Dafür hab ich einen Riecher.» Sie zog die Schultern nach oben. «Ist mir schrecklich peinlich, dass ich so unvorsichtig war, denn nun muss ich euch wohl oder übel auf der Tasche liegen. Die Alternative wäre, bis Weihnachten und darüber hinaus zu fasten, aber …»

«Unsinn», widersprach Silvie. «Ich gebe morgen ein Konzert im *British Officer's Club*: Weihnachtslieder. Erst habe ich mich gesträubt, doch Ben hat nicht lockergelassen, bis ich zugestimmt habe, und außerdem zahlen sie gut. Allerdings muss ich noch bisschen üben. Die deutschen Weihnachtslieder kann ich im Schlaf, die Jungs jedoch wünschen sich zudem einen romantischen Song aus den USA, der leider noch nicht ganz sitzt.» Sie verdrehte die Augen. «Wird schon irgendwie hinhauen! Und ich weiß auch, wie ich sie endgültig aus der Reserve locke, damit sie sich besonders spendabel zeigen. Wir kriegen dich satt, Miri, kannst dich auf mich verlassen, und den Rest der Familie mit dazu!»

«Der Junge muss trotzdem lernen, dass man nicht stehlen darf», sagte Rike. «Ich bin ehrlich gesagt ganz schön sauer auf diesen Erich Bednarz – falls das tatsächlich sein Name ist.»

«Wie sah er denn aus?», meldete sich Flori zu Wort.

Die Jüngste war wie immer so sehr ins Zeichnen vertieft gewesen, dass die anderen ihre Anwesenheit fast vergessen hatten.

«Lange blonde Haare, ein dunkelblauer Mantel, ein paar olle Stiefel ...», sagte Rike.

«So vielleicht?», unterbrach Flori sie. Mit ein paar Strichen hatte sie eine rasche Skizze auf ihren Block geworfen.

«Ja, das ist er!» Miri sah sie verblüfft an. «Aber woher weißt du das denn? Kennst du ihn?»

«Kennen wäre zu viel behauptet.» Flori grinste. «Wir konnten heute die Schulspeisung beim besten Willen nicht runterkriegen. Dicke Erbsensuppe, aber mit lauter Würmern drin – bäh, so eklig! Keine von uns hat das angerührt. Der Topf stand anschließend eine ganze Weile im Schulhof rum. Und da hat sich ein Junge daran zu schaffen gemacht, der ungefähr so aussah ...»

«Ein Kind, das Würmer isst.» Miri war blass geworden. «Dann muss es ihm wirklich schlechtgehen, so viel steht fest. Wir sollten nach ihm sehen. Hat er nicht gesagt, dass er in der Carl-Schurz-Straße wohnt?»

«So ein Vorschlag kann nur von dir kommen», widersprach Rike resolut. «Sollen wir in Spandau Klingeln putzen, um ihn ausfindig zu machen? Vielleicht war das ja ebenfalls gelogen, woher wollen wir das schon wissen? Und selbst wenn es stimmt: Wahrscheinlich steht Bednarz nirgendwo dran, weil sie in Untermiete bei irgendwem untergeschlüpft sind. Außerdem sind es nur noch ein paar Tage bis Weihnachten – und wir haben alle Hände voll zu tun!»

«Ich zum Beispiel bräuchte dringend Träger für mein schulterfreies Abendkleid», sagte Silvie. «Sonst rutscht es mir morgen nämlich vom Busen, wenn ich aus Versehen zu heftig atme. Wenn wir weiterhin so wenig zu essen haben, sehe ich bald wieder aus wie mit zwölf!»

Die reinste Übertreibung. Ihre Formen waren noch immer unübersehbar weiblich.

«Träger? Bloß nicht! Sonst ist doch der ganze Chic hinüber», protestierte Miri, die das Kleid entworfen und genäht hatte. «Gegenvorschlag: Ich leih dir mein Schwarzes. Einverstanden?»

«Das Samtene? Ist das wirklich dein Ernst?» Silvie begann zu strahlen.

«Ausnahmsweise.»

«Du meinst, es passt mir?»

«Komm mit mir nach oben», sagte Miri. «Wir überzeugen uns am besten sofort davon. Sonst hast du morgen ein Problem!»

«Und unser Weihnachtsbaum?» Flori hörte sich auf einmal viel jünger an als ihre dreizehn Jahre, auf die sie sonst so stolz war. «Denkt ihr daran auch?»

«Dieses Jahr muss es einmal ohne Baum gehen», erwiderte Rike. «Habe ich euch doch heute Morgen bereits erklärt. Es sei denn, es geschieht ein Wunder …» Sie schüttelte den Kopf. «Allerdings sind Wunder leider verdammt selten.»

«Ach, man muss nur ganz fest an sie glauben, Kleines», sagte Silvie nun und streichelte im Vorbeigehen sanft Floris Wange. «Sonst werden Wunder nämlich niemals wahr!»

2

Berlin, 18. Dezember 1946

Der *British Officer's Club* an der Thüringer Allee war brechend voll. Rauchschwaden, Gläserklirren, ein riesiger Topf mit Feuerzangenbowle auf der Theke, aus dem fleißig ausgeschenkt wurde. Kein einziger freier Platz mehr auf den dunkelgrünen Ledersofas und Sesseln, geschweige denn auf den Hockern entlang der spiegelverkleideten Bar mit den vielen bunten Flaschen. Auch zwischen den niedrigen Teakholztischen drängten sich Soldaten. Mittlerweile waren Silvies Auftritte hier legendär, obwohl sie mehr und mehr die Lust daran verlor, wie sie Rike gerade gestand.

«Ich hab wahrlich nicht vor, bis in alle Ewigkeit als deutsches Tingeltangelgirl für ausgehungerte britische Streitkräfte zu singen», sagte sie, während sie in der provisorischen Garderobe ihre Frisur zurechtzupfte. «Was Ben offenbar nichts ausmachen würde. Denn würde er es wirklich ernst mit mir meinen, trüge ich doch längst einen Ring am Finger, und meine Auftritte hier gehörten der Vergangenheit an. Welcher echte Kerl mag es schon, wenn andere Kerle seine Braut lüstern anstarren?»

«Ich dachte, ihr wolltet euch nach Weihnachten verloben», wandte Rike ein. «Obwohl Angehörige der britischen Streitkräfte ja eigentlich keine deutschen Frauen heiraten dürfen. Außerdem muss ich dich korrigieren: Die Männer hier begaffen dich nicht lüstern, sondern sie bewundern dich, das ist etwas ganz anderes!»

«Wollte, hätte, könnte», blaffte Silvie zurück. «Wenn man wirklich liebt, macht man auch das Unmögliche möglich! Noch vor ein paar Monaten hätte ich *alles* dafür gegeben, ganz egal, was Papa oder Claire dazu gesagt hätten. Aber die Zeit steht eben nicht still. Und wer nicht will, der hat schon!»

«Soll das heißen, du willst Ben gar nicht mehr? Habt ihr Streit?» Silvie legte ihrer Schwester die Hand auf den Arm.

«Das soll heißen, dass ich nachzudenken begonnen habe. Eine wichtige deutsche Tugend, wie ich inzwischen gelernt habe. Aber jetzt muss ich raus vor die Meute. Halt mir bitte die Daumen, Rike! Mir ist plötzlich ganz blümerant zumute. Du weißt ja, Weihnachten macht mich nervös, seit Oskar fort ist.»

Sie stolperte aus dem Zimmer und hätte sich um ein Haar im Saum des Abendkleides verfangen, das Miri ihr für den heutigen Anlass geliehen hatte. Der schwarze Samt ließ Silvies Haar noch heller wirken und umschmeichelte ihre Figur; der doppelte Tüllvolant ab Kniehöhe erlaubte eine Ahnung der wohlgeformten Beine. Aufregend und zugleich erstaunlich keusch wirkte sie darin, denn es gab nur einen dezenten U-Boot-Ausschnitt, der allerdings ihre Schlüsselbeine perfekt inszenierte.

Beifall brandete auf, als Ben sie ankündigte: «*The one and only Silvie Thalheim!*»

Inzwischen hatte Rike den Platz entdeckt, den man für sie an einem der Tische reserviert hatte.

Die Show konnte beginnen.

Leise rieselt der Schnee war das erste Weihnachtslied, das Silvie vortrug, und sofort summten einige der britischen Soldaten mit. Als würde auch die Natur lauschen, begannen draußen prompt Flocken zu wirbeln, was die weihnachtliche Stimmung verstärkte. Sie ließ *Ihr Kinderlein kommet* folgen und sang es beinahe so rein und klar wie ein Knabenchor erster Güte.

Bei *Süßer die Glocken nie klingen* wurden die ersten Augen feucht. *Alle Jahre wieder* und danach *O du fröhliche* brachten Silvie wahre Beifallsstürme ein.

Geschickter hätte sie es kaum anstellen können: Nach jedem Lied sprach sie eine kurze Überleitung. Silvies Englisch war nicht perfekt, was ihr egal zu sein schien, und sie hatte recht: Ihre gefühlsbetonte Art zu reden ließ ihr auch so die Herzen zufliegen.

Sie braucht Publikum wie die Luft zum Atmen, dachte Rike in einer Mischung aus Erstaunen und Bewunderung. Mit ihrer Stimme kann sie Menschen fesseln – und das beileibe nicht nur, wenn sie singt. Ein wirklich großes Talent! Kein anderer in unserer Familie verfügt darüber.

Weitere Lieder folgten, und die Stimmung im Club wurde immer ausgelassener. Nach *Es ist ein Ros' entsprungen* brandete erneut begeistertes Klatschen auf.

«*Wonderful!*», schrie ein schmaler Rotschopf, der ganz vorn stand. «*Please go on singing!*»

«*I beg your pardon but slowly I am getting hoarse*»,

entschuldigte sich Silvie nach mehreren weiteren Liedern schließlich mit verschmitztem Lächeln. *«So much smoking, but I know, you need it. Well, one last song. A friend asked me for it and I practiced quite a lot.»*

Ben hatte inzwischen wie abgesprochen auf dem Klavierhocker Platz genommen. Als er die ersten Töne anschlug, ging ein kollektiver Seufzer durch den Raum.

I'm dreaming of a white Christmas
Just like the ones I used to know
Where the treetops glisten
And the children listen
To hear sleigh bells in the snow …

Das kannten sie alle, und Silvie interpretierte den populären amerikanischen Weihnachtssong mit sehr viel Gefühl. Nachdem ihr letztes gehauchtes *And may all your Christmases be white* verklungen war, wollte der Applaus gar nicht mehr enden.

Sie verneigte sich, lächelte strahlend in die Runde.

«*Thank you*», sagte sie. «Was für ein wunderschönes Lied! Ich habe es sehr gern gesungen. Und jetzt gute Nacht – *good night to everyone!*»

Sie wandte sich zum Gehen, doch das Publikum protestierte lauthals.

«*One more*», skandierten die Männer. *«Lili Marleen, come on, Silvie, please, sing Lili Marleen for us!»*

Mit dem Lied hatte sie alle bei ihrem ersten Auftritt bezaubert, und seitdem wollten sie es immer wieder von ihr hören. Bisher hatte sie sich jedes Mal zu dieser Zugabe überreden lassen, doch heute schüttelte Silvie energisch den Kopf.

«Der Krieg ist vorbei», sagte sie. «Jetzt haben wir Frieden – hoffentlich für immer. In wenigen Tagen ist Weihnachten, das Fest der Liebe. Deshalb singe ich jetzt das Weihnachtslied aller Weihnachtslieder, und zwar in der Sprache, in der es geschrieben wurde.»

Ihr Blick glitt zu Rike, als ob sie die große Schwester um Unterstützung bitten wollte, und die nickte ihr aufmunternd zu, ohne zu wissen, was Silvie vorhatte.

Schon beim allerersten Ton wurde es im Club mucksmäuschenstill.

Stille Nacht! Heilige Nacht!
Alles schläft, einsam wacht
Nur das traute hochheilige Paar.
Holder Knabe im lockigen Haar,
Schlaf in himmlischer Ruh!
Schlaf in himmlischer Ruh …

Ja, das war Weihnachten, das war Lichterglanz, das waren Kerzenschein, Zimtsterne und Kindheitsträume! Bilder von früher stiegen in Rike hoch: die stolze Tanne im Wohnzimmer der Villa mit buntem Kugelschmuck und dem leicht verknitterten Rauschgoldengel auf der Spitze, der trotz aller Bemühungen niemals ganz gerade sitzen wollte, nachdem Oskar aus Versehen auf ihn getreten war; Papas Räuspern, bevor er seine alljährliche Ansprache an die Familie hielt; die mit Kristallgläsern und Silberbesteck festlich gedeckte Tafel; vor allem aber

Mamas leuchtende Augen, die im Blauseidenen wie eine Fee strahlte, während Rike und die jüngeren Geschwister mit rosigen Wangen ihre Geschenke auspackten …

In ihrer Kehle wurde es eng, weil das alles unwiederbringlich vorbei war. Mama war tot, Oskar verschollen, das Kaufhaus ein Trümmerhaufen, die Villa von Briten besetzt – nichts war mehr so, wie es eigentlich sein sollte. Früher hatte sie sich an Weihnachten stets besonders geschützt und geborgen gefühlt.

Und wie war es heute?

Ein riesengroßes schwarzes Nichts …

Plötzlich musste Rike heftig blinzeln, um sich gegen die Tränen zu wehren, bis sie merkte, dass viele der anderen Gäste ebenfalls weinten.

Keine Hand rührte sich, nachdem Silvie geendet hatte, so ergriffen war das Publikum. Erst nach einigen Augenblicken setzte der Applaus ein, stürmisch, fast frenetisch.

«Merry Christmas!» Silvie warf ihrem Publikum Kusshände zu. *«Peace and love for everybody!»*

«So gut warst du noch nie», lobte Ben, als er sie im Jeep nach Hause brachte. «Echt, innig und so gefühlvoll. Weißt du, was, Silvie? Zum ersten Mal im Leben hab ich gern Weihnachtslieder gehört. Ist das vielleicht kein Kompliment aus dem Mund eines Berliner Juden, den die Nazis nach England vertrieben haben?»

«Danke», murmelte Silvie und zog den Mantelkragen bis zur Nasenspitze hoch, weil es im Wagen eiskalt war. Es schneite nicht länger, aber die nächtliche Kälte hatte die Straßen noch glatter gemacht, und so kamen sie nur langsam voran. «Sehr lieb von dir. War allerdings keine große Kunst. Macht uns Weihnachten nicht alle hoffnungslos sentimental? Und wenn wir das sind, dann hören wir nicht mehr allzu genau hin. Denn ein paar Töne habe ich leider komplett vergeigt, hat aber wohl keiner gemerkt. Oder, Rike?»

Sie hielt die Tasche mit ihrem Honorar fest umklammert, die aktuelle Währung, die einzig und allein zählte: zehn Stangen Chesterfield mit je zwanzig Zigaretten pro Packung – ein Schatz, mit dem sich auf dem Schwarzmarkt und anderswo viel anfangen ließ.

«Stell dein Licht bloß nicht unter den Scheffel! Du hast deinem Publikum einen unvergesslichen Abend beschert», erwiderte Rike, die auf der Rückbank saß. «Zwei göttliche Stunden haben sich die britischen Soldaten nicht mehr ganz so einsam gefühlt. Sind ja schließlich nicht freiwillig hier. Auch wenn wir das manchmal vergessen.» Sie berührte Bens Rücken. «Würdest du bitte einen kleinen Umweg machen? Ich möchte noch gern ganz kurz beim Laden vorbeischauen.»

«Jetzt noch?» Silvie kicherte. «Du bist wirklich unerträglich gewissenhaft, Rikelein!»

«Geht schon in Ordnung», sagte Ben und bog in die Leibnizstraße ein, um von dort den Savignyplatz anzusteuern. «Hast du was dort vergessen? Kommt mir irgendwie bekannt vor. Seitdem es so kalt ist, werde ich auch immer schussliger. Als ob der Frost mein Gehirn schrumpfen lässt.»

Rike blieb stumm.

Es war lediglich ein unbestimmtes Gefühl, das sie so unruhig machte, aber es hatte sich den ganzen Abend nicht wegschieben lassen.

Sie musste sich einfach vergewissern.

«Geht ganz schnell», versprach Rike und stieg aus.

Der Platz vor dem Laden war leer. Was hatte sie eigentlich erwartet?

Sie ging die paar Meter bis zur Tür.

Abgeschlossen. Natürlich. Sie war immer umsichtig, wenn sie das Geschäft verließ. Warum wollte sich trotzdem keine Erleichterung einstellen?

Als sie ein paar Schritte nach links machte, entdeckte sie den kleinen zugeschneiten Haufen. Es hätten Lumpen sein können und alte Säcke, die jemand aus Nachlässigkeit hier zurückgelassen hatte, doch dazu waren sie zu sorgfältig aufeinandergetürmt. Zudem belehrte sie das blonde Haarbüschel, das darunter hervorlugte, eines Besseren.

Das Herz schlug ihr auf einmal bis zum Hals.

Sie schob die oberste Schicht beiseite und legte ein Kindergesicht frei, sehr blass mit bläulichen Lippen. Die Lider bewegten sich leicht, als sie ihn hochhob.

«Erich!», rief sie. «Du dummer kleiner Gauner – was stellst du bloß für Unsinn an?»

Ben hatte ihn in den Jeep getragen. Dort betteten sie den Jungen auf die Rückbank und deckten ihn mit Bens Militärmantel zu. Erichs Augen waren offen, aber er war kaum zu verstehen, so sehr klapperten seine Zähne.

«Ich hab die Tasche nur genommen, weil ich …»

«Scht!», sagte Rike. «Dazu kommen wir später. Wo wohnst du, Erich? Wir bringen dich jetzt nach Hause!»

«Ich hab kein Zuhause.» Dicke Tränen kullerten über seine Wangen.

«Aber deine Mutter sucht dich doch bestimmt.»

«Mama?» Jetzt weinte er bitterlich. «Die darf nichts davon erfahren. Bitte! Das müssen Sie mir versprechen …»

«In die Militärunterkunft kann ich ihn jedenfalls nicht mitnehmen», sagte Ben. «Ausgeschlossen!»

«Er kommt mit zu uns.» Silvie klang energisch. «Wir wärmen ihn auf und füttern ihn. Alles Weitere findet sich. Ist doch schließlich Weihnachten. Na ja, so gut wie.»

«Und Papa? Und Claire?», wandte Rike ein. «Die werden Augen machen!»

«Manchmal fällt das Jesuskind eben ein wenig größer aus.» Silvie grinste. «Soll schon mal vorkommen.»

In der Bleibtreustraße angekommen, parkte Ben vor dem Mietshaus mit dem schönen Frauenkopf über dem Eingang, stieg aus und legte sich Erich wie einen Sack über die Schulter. Rike folgte ihm, und Silvie vervollständigte den kleinen Trupp bis hinauf in den zweiten Stock.

«Wohin nun mit ihm?», fragte er, als Rike die Wohnung aufgeschlossen hatte. «Ist ja schon ziemlich voll bei euch.»

Taps kam ihnen erwartungsvoll entgegengewedelt, als wolle er die Aussage bestätigen.

«In unser Zimmer», entschied Rike. «Und seid bitte leise. Müssen ja nicht gleich alle wach werden.»

Ben legte den Jungen auf das Bett, gab Silvie einen Abschiedskuss und verschwand.

«Er stinkt erbärmlich.» Silvie rümpfte die Nase, als sie sich tiefer über Erich beugte. «Den speckigen Mantel sollten wir ihm zumindest ausziehen. Den Pullover mit den Mottenlöchern eigentlich auch, aber das übersehen wir jetzt mal großzügig. Unser Bettzeug werden wir anschließend ohnehin auskochen müssen. Eine zweite Garnitur zum Wechseln haben wir ja – welch Luxus!»

«Die Marken sind …», murmelte er verwaschen.

«Hab sie schon entdeckt», sagte Rike, nachdem sie ihn aus dem Mantel geschält hatte und alles an Zudeckmaterial über ihn häufte, was sie auf die Schnelle finden konnte. «Sieh doch nur, Silvie, was für eine raffinierte Innentasche! Ganz schön praktisch, wenn man etwas mitgehen lassen will. Aber das ist jetzt nicht unser dringendstes Problem.»

Sie berührte Erichs Stirn. «Glühend heiß. Er fiebert stark.»

«Dazu fällt mir nur eines ein: Oma Fridas legendäre Wadenwickel», sagte Silvie. «Wie sehr haben wir sie gehasst! Aber unser Fieber haben sie immer vertrieben.»

Schon war sie auf dem Weg ins Badezimmer und kam

mit zwei kalten, nassen Lappen zurück, die sie um Erichs magere Beinchen wickelte.

Er jaulte auf, als die Kälte seine heiße Haut traf.

«Genauso muss es sein», bekräftigte Silvie. «Gesund werden kann manchmal ganz schön weh tun.»

Zwei trockene Handtücher kamen darüber, damit das Laken nicht durchnässte, danach zusätzlich wieder alle Decken.

«Ich hoffe, du weißt, was das bedeutet», sagte sie zu Rike, nachdem sie fertig war.

Die nickte leicht resigniert.

«Das mit dem Schlafen können wir knicken. Wechseln ist mindestens alle zwanzig Minuten angesagt, wenn das Fieber sinken soll. Was anderes bleibt uns wohl nicht übrig.» Rike schielte an sich hinunter. Sie hatte noch immer das dunkelrote Kleid ihrer Mutter an, das Miri für sie umgeschneidert hatte; Silvie trug nach wie vor deren Leihgabe. «Unsere Abendgarderobe sollten wir dabei allerdings nicht tragen. Wenn du Miris Schwarzes verdirbst, könntest du dir echten Ärger mit ihr einhandeln! Fand es ohnehin sehr großzügig von ihr, dass sie es dir geborgt hat.» Sie musterte die Schwester. Ob Silvie ahnte, dass Miri sich heimlich nach Ben verzehrte? Ihr hatte die Freundin es gestanden, und natürlich würde Rike Silvie gegenüber kein Wort darüber verlieren.

«Sehe ich ebenso», erwiderte Silvie und begann sich auszuziehen.

Zwischendrin ein kurzer prüfender Blick zu Erich, den sie für einen Moment ganz vergessen hatte, aber der hatte die Augen geschlossen. Sie schlüpfte in ein altes

Flanellnachthemd, das früher Oma Frida gehört hatte, und schob danach den Hund energisch vom Bett.

«He, Taps, runter mit dir, aber dalli! Der Junge ist krank.»

«Ach, lass ihn ruhig.» Rike, inzwischen ebenfalls im Nachthemd, schob sich eine braune Strähne aus der Stirn. «Vielleicht hilft es ja beim Gesundwerden!»

3

Berlin, 19. Dezember 1946

Doch auch am nächsten Morgen ging es Erich nicht wesentlich besser. Seine Augen waren glasig, die Lippen aufgesprungen. Es gelang den Schwestern, ihm ein paar Löffelchen Tee einzuflößen, dann war er schon wieder weggedämmert.

«Also, ein bisschen kühler kommt seine Stirn mir vor.» Silvie klang allerdings selbst nicht allzu überzeugt.

«Ich weiß nicht so recht …» Rike blieb skeptisch. «Für mich fühlt er sich noch immer viel zu heiß an. Ohne Fieberthermometer können wir das allerdings lediglich schätzen.»

«Fieberthermometer sind Mangelware. Eine nahezu ausgestorbene Spezies!»

«Leider», sagte Rike. «Kannst du dich noch daran erinnern, wie es bei Claire im letzten Winter war? Wir haben zu lange gewartet – und dann hatte sie ihre schwere Lungenentzündung! Ohne Bens Hilfe wären wir niemals an Antibiotika gekommen. Und wer weiß, was dann passiert wäre …»

«Hanna», murmelte Erich und begann unter den Decken kräftig mit den Füßen zu strampeln. «Nein, nein! Aber ich konnte doch nicht … Ich hab alles versucht …»

«Hanna – so heißt vermutlich seine Mutter. Hanna Bednarz, falls er die Wahrheit gesagt hat.» Rikes Miene wurde immer besorgter. «Wir müssen sie finden und benachrichtigen, denn der Kleine hier ist ernsthaft krank. Aber wie nur, wenn er nicht freiwillig mit der Adresse herausrückt?»

«Wir müssten …»

«Dürfte ich vielleicht erfahren, was hier vor sich geht?» Die Tür war aufgeflogen. Friedrich Thalheim stand auf der Schwelle, gefolgt von Claire, beide im Nachtzeug. «Was ist das für ein Kind? Und was hat es in eurem Bett zu suchen?»

«Der Kleine lag vor dem Laden im Schnee, mitten in der Nacht, als wir vom Club gekommen sind. Da konnte er ja schließlich nicht bleiben», sagte Silvie.

«Und da habt ihr ihn einfach so mitgenommen – einen wildfremden Jungen?» Friedrich stand die Empörung ins Gesicht geschrieben. «Als ob wir selbst nicht schon genug Probleme hätten!»

«Sonst wäre er doch erfroren.» Claire hatte sich an ihrem Mann vorbeigedrängt und setzte sich nun an Erichs Bett. «Diese Minusgrade überlebt niemand – erst recht kein so mageres Spätzchen wie er! Die Mädchen haben alles richtig gemacht. Siehst du denn nicht, *chérie*, er ist so blond wie unser Oskar. Wenn er erst wieder sauber ist, wird er ein hübscher kleiner Bursche sein.»

Sie hörte sich sehnsüchtig an. Zu gern hätte Claire nach Flori noch mehr eigene Kinder bekommen, doch die Folgen einer Fehlgeburt hatten diesen Traum für immer zunichtegemacht.

«So ganz wildfremd ist er auch wieder nicht», sagte Rike, um die Gunst des Augenblicks zu nutzen. Mittlerweile streckte auch Flori, ebenfalls wach geworden, neugierig ihren Kopf ins Zimmer. «Er heißt Erich Bednarz und war gestern Nachmittag bei Miri und mir im Laden – offensichtlich vollkommen ausgehungert. Wir haben ihm ein wenig Gebäck geschenkt, dann war er plötzlich verschwunden.» Das mit dem Lebensmittelkartendiebstahl behielt sie wohlweislich für sich, um den Vater nicht noch mehr aufzubringen. Außerdem waren die Marken ja wieder da. Das war das Wichtigste. Über Miris Tasche und die zwanzig Mark würden sie ihn befragen, sobald sein Fieber gesunken war. «Vielleicht wusste Erich nicht, wohin, und ist einfach wiedergekommen.»

«Il est malade.» Claire war in ihre Muttersprache verfallen, nachdem sie seine Stirn berührt hatte. «*Vraiment malade* – der Kleine glüht ja! Eigentlich sollten wir einen Arzt konsultieren. Oder vielleicht am besten gleich mit ihm ins Krankenhaus …»

«Nein – kein Krankenhaus!» Erich, der offenbar jedes Wort verstanden hatte, öffnete die Augen und bäumte sich auf. «Mama kann sich auf mich verlassen. Das hab ich ihr doch versprochen …»

Wo steckte seine Mutter bloß? Immer wieder erwähnte er sie in seinem Fieberwahn, aber es war aus ihm nicht herauszukriegen, wo sie zu finden war.

«Für eure Gesundheit hat früher Dr. Klein gesorgt.» Friedrich klang bedrückt. «So lange, bis die Nazis ihm Berufsverbot erteilt haben. Was war das für ein wunderbarer Mediziner, fachlich top, menschlich angenehm.

Ich hab gehört, er soll Theresienstadt nicht überlebt haben – welch ein Verlust!»

«Wir müssen diesen Jungen ohne Dr. Klein wieder auf die Beine kriegen.» Claires Stimme klang ungewohnt resolut. «Haben sie dich gestern wieder mit Chesterfields bezahlt, Silvie?»

«Haben sie. Und zwar großzügig.»

«Gut.» Claire nickte. «Dann sage ich dir jetzt, was zu tun ist. Streng dich an, auf dem Schwarzmarkt ein Huhn und etwas Gemüse aufzutreiben. Ja, ich weiß, es ist nicht legal, aber wo sonst könnten wir es bekommen? Nichts schlägt nämlich Bazillen so schnell in die Flucht wie frische, heiße Hühnersuppe! Wenn dir zudem noch jemand mit einem Fieberthermometer über den Weg laufen sollte – umso besser!»

Sie wandte sich an Rike. «Du übernimmst heute noch einmal den Laden, einverstanden? Unser Floh muss nämlich gleich in die Schule.»

«Sind doch heute bloß drei Stunden, *maman*», bettelte Flori. «Um Heizkosten zu sparen. Nächste Woche muss jeder von uns pro Tag ein Brikett mitbringen, sonst wird gar nicht mehr geheizt. Lohnt sich also nicht, hinzugehen. Können wir nicht sagen, ich sei auch krank? Ich möchte viel lieber bei dem Kleinen bleiben! Ich könnte ihm zum Beispiel vorlesen. Oder ihn zeichnen …»

«Gute Idee! Machst du alles, wenn du wieder nach Hause kommst. Und jetzt beeil dich!», sagte Rike. Es kam selten vor, dass die sanfte, oft nachgiebige Claire allen in der Familie Befehle erteilte, doch heute war offenbar so ein Tag.

«Für mich hast du sicherlich auch eine Aufgabe in petto?», frotzelte Friedrich.

«Gut erkannt, *mon cher*! Den Einkauf legen wir heute in deine Hände.»

«Soll das heißen, ich muss mit den ganzen Weibern Schlange stehen?», protestierte Friedrich empört.

«Bin überzeugt, sie werden es genießen, Papa», konterte Silvie. «Wo Männer doch seit dem Krieg Mangelware sind!»

Nachmittags tauchte überraschend Onkel Carl in der Bleibtreustraße auf. Er war in Potsdam zu Hause und hatte sich für einen ganz anderen Lebensweg entschieden als sein jüngerer Bruder Friedrich, der Kaufmann mit Leib und Seele war. Carl, Kunst, Musik und Literatur seit Jugendtagen zugetan, hatte als Broterwerb Jura studiert und rasch Karriere gemacht. In der NS-Zeit hatte er seinen Beruf als Staatsanwalt jedoch aus Überzeugung aufgegeben und sich bis Kriegsende zunächst als Nachtportier und schließlich als Pförtner bei der UFA in Babelsberg durchgeschlagen. Sein steifes Bein, eine Kriegsverletzung von 1917, hatte ihn vor einer neuerlichen Einberufung bewahrt. Inzwischen hatten ihn die neuen Machthaber im Ost-Sektor dazu gedrängt, erneut als Staatsanwalt zu arbeiten; trotz einiger Vorbehalte hatte Carl sich schließlich dazu entschlossen.

Er schnupperte, als er die Küche betrat. «Hühnersuppe», sagte er anerkennend. «Nicht übel! Und ich dachte, ich kann euch mit meinen Weihnachtskaninchen zum Jubeln bringen. Ich gelobe auch, sie rechtzeitig anzuliefern, damit ihr sie noch in schmackhafte Braten verwandeln könnt.»

«Ich juble gerade», versicherte Silvie. «Und wie! Kaninchen zum Fest – welch wundervolle Vorstellung! Die Karpfen letztes Jahr, die Papa angeschleppt hatte, waren derart moosig, dass man allein schon vom Hinsehen grün wurde. Und was meinst du, wie ich heute an der Schwarzen Börse gefroren hab, bis ich endlich dieses magere Flattertier ergattert hatte!» Die Schwarze Börse nannten die Berliner den florierenden Schwarzmarkt am Brandenburger Tor. «Falls das heißen soll, dass du das Fest der Liebe dieses Jahr mit uns verbringen wirst, freue ich mich gleich noch mehr! Vorausgesetzt, du kriegst dich mit deiner Frau nicht sofort wieder in die Wolle …»

«Lydia und ich gehen getrennte Wege. Daran wird sich nichts mehr ändern.» Carl klang plötzlich knapp. Es gab durchaus eine gewisse Ähnlichkeit zwischen den beiden Brüdern Thalheim, aber seine Züge waren schärfer als Friedrichs, und wenn er sich in sich zurückzog wie jetzt, trat das besonders stark zutage. Carl redete nicht gern über persönliche Dinge. Alle in der Familie wussten das und respektierten es – jedenfalls meistens. «Ich rechne ihr hoch an, wie liebevoll sie sich als Schwiegertochter unserer hilfsbedürftigen Mutter annimmt. Aber Lydia und ich gemeinsam an einem Tisch, das funktioniert einfach nicht!»

«Dann feiern Tante Lydia und Oma Frida dieses Jahr zusammen im Weberhäuschen in Babelsberg?»

Er nickte, während Silvie in der Suppe zu rühren begann.

«Für unseren Neuzugang», sagte sie. «Rike und ich haben gestern einen halbverhungerten Jungen im Schnee aufgelesen, der prompt hohes Fieber bekommen hat. Die ganze Nacht über haben wir ihn schon mit Wadenwickeln traktiert, und Claire hat seit dem Morgen fleißig damit weitergemacht, aber das Fieber will trotzdem leider nicht richtig runtergehen. Macht mir ehrlich gesagt Angst. Vielleicht ist es ja was Ernstes.»

«Wo liegt denn der kleine Patient?», wollte Carl wissen.

«In unserem Zimmer. Claire weicht nicht von seinem Bett, und Flori leistet ihr Gesellschaft. Ich glaube, sie zeichnet ihn seit Stunden.»

«Ich geh mal nach ihm schauen.» Er stand auf, humpelte hinaus. Bei eisigen Temperaturen machte ihm die alte Verletzung mehr zu schaffen, deshalb war er heute wohl auch nicht mit seinem Motorrad unterwegs, mit dem er sonst überall herumkurvte.

«Gefällt mir nicht», sagte Carl, nachdem er wieder in die Küche gekommen war. «Der Kleine ist ja ganz apathisch. Ich kann versuchen, einen alten Freund um Hilfe zu bitten: Thomas Niebuhr, ebenso wie ich niemals ein Freund der Nazis gewesen und unter ihnen lange inhaftiert. *Der schwarze Thom*, so lautete früher sein Spitzname, weil er so schöne schwarze Locken hatte. Die harte Zeit im Knast hat ihn viel zu früh in einen weißhaarigen Thom verwandelt. Jetzt macht er Karriere an der Charité.»

«Ein Arzt also?»

Carl nickte. «Und ein verdammt guter dazu», sagte er. «Ich geh ihn fragen. Thom ist ein prima Kerl. Und wenn er hört, dass es um ein Kind geht …» Er legte den Kopf schief, eine Geste, die Silvie auch von ihrem Vater kannte. Die beiden so unterschiedlichen Brüder waren sich ähnlicher, als ihnen selbst bewusst war.

Plötzlich fühlte sie sich hoffnungsfroher. Onkel Carls Kontakte waren wirklich nicht zu verachten. Im vergangenen Jahr hatte er geholfen, ihren Vater aus sowjetischer Untersuchungshaft zu holen, wenngleich diese Aktion eine ordentliche Stange Geld gekostet und damit einen Großteil der Rücklagen verschlungen hatte. Doch es war die einzige Chance gewesen. Denn anderenfalls hätten Friedrich als Parteimitglied und aktivem Kämpfer im Volkssturm unter Umständen mehrere Jahre Lagerhaft gedroht, und ihn wiederzuhaben war jede investierte Mark wert: Vielleicht konnte dieser Genosse von früher nun Erich wieder gesund machen.

Carl schien mit seinen Gedanken plötzlich ganz woanders zu sein. «Rike ist noch im Laden?», fragte er unvermittelt.

«Müsste eigentlich bald zurück sein», erwiderte Silvie und drehte sich zu ihm um. «Sie ist und bleibt deine Lieblingsnichte, stimmt's?»

«Das stimmt so nicht», protestierte er. «Ich mag euch alle und hab mir eine eigene Tochter gewünscht, seitdem ich denken kann. Doch das Schicksal hat mir eben zwei Jungs beschert. Mit ihnen zusammen kann ich allerdings leider nicht sein. Gregor befindet sich noch immer in britischer Kriegsgefangenschaft, und Paul ist zwar von den Franzosen getürmt, aber voller Ablehnung gegen alles, was nur ansatzweise nach Sozialismus riecht – somit will er auch nichts mehr von seinem alten Vater wissen.»

«An Heiligabend kommt er zu uns», sagte Silvie, während sie den Topf vom Herd schob. «Kannst ja versuchen, ihm bei dieser Gelegenheit deine Ideen ein wenig schmackhafter zu machen.»

«Ich fürchte, da werde ich bei Paul, der nichts als Musik im Kopf hat, nicht weit kommen …»

«Warum so mutlos? Bei mir hast du es ja schließlich auch geschafft. Die Nürnberger Prozesse haben mir die Augen geöffnet, und seitdem ich an eurer Potsdamer Diskussionsrunde teilnehme, sehe ich erst recht vieles anders. Ich hatte ja keine Ahnung, wie aufregend Geschichte und Politik sein können! Inzwischen ärgere ich mich, dass ich früher so wenig gelesen habe. Im Moment fresse ich die Bücher regelrecht, so spannend finde ich das alles.»

«Besonders wenn sie dir ein gewisser Ralf Heiger vorschlägt, nicht wahr?», fragte Carl.

«Du nun wieder!» Silvie war jäh errötet. «Ja, ich mag ihn, ist das vielleicht ein Wunder? Ralf ist so klug, so belesen …»

«Und so verheiratet.»

«Ralf lebt von seiner Frau getrennt», korrigierte sie genervt. «Und das bereits seit Jahren.»

«Und was ist mit Ben?» Carl ließ nicht locker. «So hieß er doch, oder?»

Ja, so hieß er. Im letzten Jahr hatte sie sich Hals über Kopf in den jungen Juden aus Spandau verliebt, der als Kind zu seinem Onkel nach London geflohen, dort aufgewachsen und schließlich voller Begeisterung in die britische Armee eingetreten war, um Hitler-Deutschland zu besiegen. Ben erwiderte ihre Gefühle, obwohl die Briten solche «Fraternisierungen» untersagt hatten. Auch ihr Vater war gegen die Liebschaft mit einem «Besatzer», aus Angst, Silvies Ruf könne darunter leiden.

Aber hatte sie das alles gekümmert?

Jung waren sie, verliebt, schwebend auf einer Wolke, die ihnen ganz allein gehörte! Doch allmählich hatten die Beschränkungen mehr und mehr an ihrer Liebe zu nagen begonnen. Und als Ben sie diesen Herbst als Begleiterin mit zu den Nürnberger Kriegsprozessen mitgenommen hatte und Silvie dort der faszinierende Journalist Ralf Heiger begegnet war, wusste sie manchmal nicht mehr, was sie eigentlich fühlte …

«Und wenn schon! Jetzt hörst du dich an wie Papa. Ich will Ralf ja schließlich nicht gleich heiraten», schnappte Silvie zurück. «Außerdem hab ich keine Lust, darüber zu reden. Herzensangelegenheiten gehen nur die etwas an, die sie betreffen.»

«Hast ja recht, Nichte!» Carl lächelte ihr versöhnlich zu. «Deine süßen Geheimnisse gehören dir allein. Bei mir sind sie sicher verwahrt. Kannst dich auf mich verlassen!»

Es war früher Abend, als Carl Thalheim an der Seite eines hageren, bärtigen Mannes in die Bleibtreustraße zurückkehrte. Friedrich war im Vorfeld äußerst skeptisch gewesen, nachdem er erfahren hatte, dass Dr. Niebuhr als überzeugter Sozialist die letzten fünf Jahre inhaftiert gewesen war, doch das souveräne Auftreten des Arztes schien ihn dann doch zu beruhigen.

«Ich wäre jetzt gern erst einmal mit dem kleinen Patienten allein», sagte Niebuhr. «Alles Wichtige erfahren Sie von mir dann nach der Untersuchung.»

«Aber er ist doch noch ein Kind …» Claire verstummte.

«Auch Kinder haben das Recht, ernst genommen zu werden. Besonders wenn sie krank sind. Wo kann ich mir bitte kurz die Hände waschen?»

Silvie führte ihn ins Bad, wo er sich reinigte, danach ging er zu Erich.

Widerwillig hatten inzwischen die Thalheims das Krankenzimmer verlassen, darunter auch Miri, die nach ihrem langen Tag an der Nähmaschine wissen wollte, wie es um Erich stand. In der Küche hatten sich nun alle versammelt, und schon bald flogen Satzfetzen hin und her.

«Wir müssen die Mutter schleunigst auftreiben …»

«Und wenn der Kleine nun schwer krank ist, wer übernimmt dann die Verantwortung …»

«Er hat kein Zuhause, das hat er gesagt …»

«Irgendwo muss er ja schließlich wohnen …»

«Stopp!», verlangte Flori schließlich. «Hört doch endlich damit auf. Erich wird mir alles erzählen, das hat er mir versprochen.»

«Und wieso ausgerechnet dir?» Friedrich starrte seine Jüngste misstrauisch an.

«Ist doch klar wie dicke Tinte, würde der von mir hochverehrte Erich Kästner jetzt vermutlich sagen», erwiderte Carl. «Weil sie ihm altersmäßig am nächsten steht. Und ein bildhübsches Mädchen ist sie außerdem. Das erkennt auch ein fieberkranker kleiner Junge.»

Flori grinste sanft errötend. «Er mag meine Haare», murmelte sie. «Das hat er gesagt, als er zwischendrin wach wurde. Seine Mama hat wohl auch rötliche Locken.»

Dr. Niebuhr ließ sich reichlich Zeit mit der Untersuchung. Als er wieder herauskam, wirkten seine Züge entspannter. «Humor besitzt er schon mal, unser kleiner Patient», sagte er. «Das mag ich. Erich hat mich nämlich gefragt, ob ich vielleicht den Nikolaus kenne, weil mein Bart ja schließlich auch weiß ist.»

«Und was ist jetzt mit ihm?», drängte Claire. «Müssen wir uns Sorgen machen?»

«Sorgen hat der kleine Mann schon genug. Mehr, als für sein junges Alter zuträglich ist», lautete Niebuhrs Antwort. «Was das Körperliche betrifft: Eine Lungenentzündung kann ich zum Glück ausschließen. Ebenso das Pfeiffer'sche Drüsenfieber, eine Kinderkrankheit, die, wenn man Pech hat, schlimm endet. Erich hat eine Fetzenerkältung, ist unterernährt und sollte möglichst viel schlafen. Gegen das Fieber habe ich ihm ein Zäpfchen verabreicht, es müsste nun rasch sinken. Für alle Fälle lasse ich noch ein weiteres da.» Er reichte es Claire. «Aufstehen lassen Sie ihn trotzdem frühestens übermorgen.

Ruhe, Ruhe und noch mal Ruhe, das ist jetzt das, was er am allermeisten braucht.»

«Aber ist das denn genug?», wandte Rike ein. «Er scheint mir sehr krank zu sein …»

Niebuhrs Miene wurde sehr ernst. «Erich ist sozusagen unter der Last des Lebens kollabiert, so könnte man es vielleicht am besten ausdrücken. Seitdem die Waffen schweigen, habe ich schon viel zu viele wie ihn gesehen. Was haben wir unseren Kindern mit diesem furchtbaren Nazi-Regime, mit Krieg, Bomben, Hunger, Flucht und Vertreibung nur angetan? Die Kindheit haben wir ihnen gestohlen, ihre jungen Leben ruiniert! Das ist nicht vorbei, sobald man die weiße Flagge hisst, sondern eine Schuld, die schwer auf uns allen lastet. Noch Generationen nach uns werden damit zu kämpfen haben …»

Er hielt inne, fuhr sich mit der Hand über das Gesicht, als wollte er etwas wegwischen.

«Es ist die Seele, die leidet», fuhr er schließlich fort. «Die macht den Körper krank.»

«Danke, Thom, dass du gekommen bist.» Carl legte ihm die Hand auf die Schulter. «Und deine Analyse trifft natürlich pfeilgenau ins Schwarze. Genauso sehe ich es auch. Wir Deutschen werden einen Preis bezahlen müssen für alles, was wir angerichtet haben. Die Kinder tun mir ebenso leid wie dir. Denn sie sind die Hauptleidtragenden der ganzen Malaise. Danke, dass du dich herbemüht hast.»

«Für einen alten Freund und Genossen wie dich – immer.» Niebuhr griff nach seiner Arzttasche.

«Wir können Ihr Honorar mit Zigaretten begleichen,

wenn Sie wollen», sagte Silvie. «Chesterfields. Die sind besonders begehrt!»

«Nicht nötig, Fräulein Thalheim! Ist sozusagen meine Weihnachtsgabe an den Kleinen.»

«Aber was ist jetzt mit Erichs Mutter?», sagte Miri. «Die muss doch inzwischen vor Sorge halb tot sein! Also, ich wäre das, wenn mein achtjähriges Kind plötzlich verschwunden wäre …»

«Die Mutter ist in allerbesten Händen», erwiderte Niebuhr ruhig. «Machen Sie sich um die keinen Kopf.»

«Was soll das denn jetzt heißen?», fragte Silvie stirnrunzelnd. «Lassen Sie uns doch bitte nicht so zappeln!»

«Ich halte mich lediglich an das, was Erich und ich vereinbart haben.» Niebuhr sah die Jüngste im Raum an. «Du kannst jetzt zu ihm rein, Flori. Dann wird er dir alles erzählen!»

«Ich glaub es nicht», sagte Rike kopfschüttelnd, als sie später zusammen rund um den Küchentisch saßen. «So gemein kann doch eigentlich niemand sein – selbst wenn man dem Führer tausendprozentig verfallen war!»

«Ob wirklich alles stimmt, was der Kleine behauptet?», kam von Friedrich. «Für mich hört sich das ein wenig wie eine Räuberpistole an!»

«Erich erzählt keine Lügengeschichten, Papa, das weiß ich», fuhr Flori auf. «Alles, was er mir gesagt hat, ist wahr. Er schämt sich übrigens sehr, dass er geklaut hat, dafür hat er sich mindestens fünf Mal entschuldigt.

Die Tasche mit dem Portemonnaie hat ihm gleich ein erwachsener Bettler weggenommen. Alles tut ihm unendlich leid, aber er wusste einfach nicht mehr weiter. Die fiese Zimmerwirtin, bei der er und seine Mama untergekommen sind, hatte die beiden seit Wochen schikaniert. Und als seine Mutter dann ins Krankenhaus kam und er allein war, wurde es ganz und gar unerträglich. Deshalb musste er ja auch weglaufen.» Sie griff nach ihrem Becher, trank ihn aus und verzog danach angewidert den Mund. Malventee und sie würden keine Freunde werden, so viel stand fest.

«Es gibt noch jede Menge alter Nazis, die sich wünschen, alles wäre wieder so wie früher, das sagt auch Herr Gachon, unser neuer Deutschlehrer. Und wenn sie Gelegenheit erhalten, sich an Schwächeren zu rächen, dann tun sie es. Flüchtlinge wie Erich stehen bei denen ganz unten in der Rangordnung!»

«Aber seine Wut an einem wehrlosen Kind auszulassen – und das ausgerechnet vor Weihnachten!» Claire schüttelte den Kopf. «Wie grausam muss man sein …»

«Wahrscheinlich hat sie gehofft, sie wird ihn auf diese Weise los, und die Mutter gleich mit dazu. Der Kleine erfriert irgendwo, die Mutter geht anschließend aus Kummer ins Wasser, und schon ist sie die unerwünschte Bagage los und hat die ganze Wohnung wieder für sich.» Flori spuckte beim Reden, so erregt war sie.

«Allerdings werden wir ihr jetzt einen fetten Strich durch die Rechnung machen.» Rike klang grimmig.

«Ich weiß auch schon, wie», sagte Silvie. «Wir bilden zwei Mannschaften, oder Teams, wie die Briten sagen:

Team eins sorgt dafür, dass Frau Bednarz in Ruhe gesund werden kann. Team zwei nimmt sich diese fiese Zimmerwirtin vor und geigt ihr ordentlich die Meinung. Und jetzt bitte ich um Wortmeldungen: Wer von euch möchte wo einsteigen?»

4

Berlin, 20. Dezember 1946

Kurz bevor sie die Ruine der Kaiser-Wilhelm-Gedächtnis-Kirche erreicht hatten, wurde Claire immer unruhiger. Der Ku'damm lag unter einer eisigen Schneedecke. Kalter Ostwind pfiff, machte das Vorankommen mühsam. Auch hier gab es noch immer viele Kriegsnarben, zerstörte Häuser, regelrechte Trümmergrundstücke, Fenster ohne Scheiben, mit Pappe oder anderen Hilfsmitteln eher schlecht als recht verschlossen. Von der einstigen Pracht dieses weltberühmten Boulevards war nichts mehr übrig geblieben.

Miri warf ihrer Begleiterin einen besorgten Blick zu. Die Frau neben ihr hatte wenig mit Friedrich Thalheims einst so schicker Gattin gemein, die vor dem Krieg stets perfekt angezogen gewesen war … Wie sie selbst trug Claire heute zwei Schichten Kleidung unter dem Mantel, zudem hatte sie die alte Strickmütze tief in die Stirn gezogen.

Ihr schmales Gesicht darunter war ernst und auf einmal beängstigend blass.

«Ich kann kaum hinsehen», sagte Claire. «Noch immer nicht. Und erst recht nicht nach gegenüber, dahin, wo früher unser schönes *Modekaufhaus Thal-*

heim› stand … Aber ich schäme mich richtig vor dir, wenn ich so etwas sage. Du hast so viel Schlimmeres durchmachen müssen, Miri …»

«Es ist vorbei», erwiderte Miri. «Und ich bin noch immer da. Das sage ich mir jedes Mal, wenn ich traurig werde. Meistens hilft es sogar.»

«Denkst du eigentlich viel an sie … deine Mutter?»

«Beinahe jeden Tag», sagte Miri. «Manchmal rede ich sogar mit ihr. Nur kann sie mir leider nicht mehr antworten. Heute ist übrigens Mamas Geburtstag. Sie war immer stolz darauf, 1900 während der Hanukkah-Tage auf die Welt gekommen zu sein, als das neue Jahrhundert begann. ‹Ich bin ein Lichtkind›, hat sie zu mir gesagt, während sie die acht Kerzen im Leuchter angezündet hat, eine für jeden Tag des Lichterfests. ‹Überall, wo ich hinkomme, wird es hell.› Mama war ja nicht sonderlich fromm; die anderen jüdischen Feste haben wir eher pflichtschuldig gefeiert und manchmal sogar vergessen. Hanukkah aber hat sie geliebt. Und ich auch.»

«Geboren 1900 – dann wäre sie heute sechsundvierzig. Noch so jung …» Claire stieß einen Schreckensschrei aus und klammerte sich noch fester an den Arm ihrer Begleiterin. «Ist das glatt überall», stöhnte sie. «Jetzt wäre ich fast hingefallen!»

«Pass bloß auf!», bat Miri. «Unter der dünnen Schneedecke verstecken sich lauter fiese Eisplatten. Noch jemanden im Krankenhaus brauchen wir nun wirklich nicht!» Sie kniff die Augen zusammen, weil der Schnee stark blendete. «Was machen denn die ganzen abgerissenen Männer an der Ruine?»

«Friedrich hat erzählt, dass jetzt jeden Tag Züge voller entlassener Kriegsgefangener ankommen. Vielleicht wegen Weihnachten? Vielleicht aber auch, weil die Franzosen keine Lust mehr haben, die *boches* weiter durchzufüttern, wer kann das schon so genau sagen? Jedenfalls scheinen sie sich dort zu sammeln, wozu auch immer …»

«*Boches?* Und das aus deinem Mund?»

«Ich hab lediglich zitiert», sagte Claire. «Diesen ganzen Nationalitätenunsinn fand ich schon als junges Mädchen absurd. Meine Mutter war Französin, mein Vater Deutscher, ich bin in Colmar geboren und lebe schon seit so vielen Jahren in Berlin, habe einen Deutschen geheiratet und zusammen mit ihm ein deutsches Kind und drei weitere deutsche Stiefkinder – wer oder was bin ich nun? Elsässerin? Französin? Deutsche? Alles zusammen? Oder nichts von alledem? Ich bin Claire Thalheim, und ich finde, das genügt!» Sie deutete nach vorn. «Schau mal, das muss es sein …»

Das Franziskus-Krankenhaus an der Budapester Straße war ein riesiger roter Backsteinbau. Bomben hatten den linken Seitenflügel zerstört, dennoch wirkte das Gebäude noch immer massig.

«Hat was von einer Festung», murmelte Miri, als sie davorstanden. «Trutzige Mauern. Fenster, klein wie Schießscharten. Fehlt eigentlich nur noch die Zugbrücke!»

«Statt Rittern haben sie hier allerdings Ordensschwestern», sagte Claire. Inzwischen standen sie in der Eingangshalle. «Ich frage mal den Pförtner, wo wir hinmüssen.»

Die Treppe zum zweiten Stockwerk war halb eingefallen, aber noch immer begehbar. Dafür sahen die Wände seltsam gerupft aus. Nur winzige bunte Reste verrieten, dass hier einst ein Mosaik gewesen sein musste.

«Russen eben.» Miri nickte. «Die hatten die Klinik nach dem Fall Berlins beschlagnahmt und offenbar alles abmontiert, was nicht niet- und nagelfest war.»

«Hoffentlich haben sie noch was im OP-Saal zurückgelassen», sagte Claire.

«Garantiert», versicherte Miri. «Wie sonst hätte Frau Bednarz operiert werden können? Die wird gleich Augen machen, wenn wir bei ihr aufkreuzen. Einen Moment, Schwester, bitte, wir hätten da eine Frage!»

Die ältere Nonne in weißer Krankenhaustracht blieb stehen.

«Wir möchten zu Frau Bednarz. Hanna Bednarz. Zimmer 212. Wo finden wir das bitte?»

«Sie sind Verwandte?» Der Mund der Schwester war schmal geworden.

«Nicht direkt», sagte Claire.

«Dachte ich mir. Wir haben hier nämlich keine Hanna Bednarz.» Jetzt waren die Lippen nur noch ein Strich.

«Aber der Portier meinte doch …»

«*Gundel* Bednarz. Die liegt hier bei uns. Und ich darf nur Angehörige zu ihr lassen. Sind Sie das?»

«Nein, das sind wir nicht.» Miri straffte sich, wirkte plötzlich größer. «Aber wir haben wichtige Nachrichten von ihrem Sohn Erich. Und die will sie sicherlich hören.»

Die Schwester war nun unschlüssig. «Frau Bednarz wartet seit Tagen vergeblich auf seinen Besuch …»

«Dann wird es ja höchste Zeit, sie aus ihrer Ungewissheit zu erlösen. Keine Angst, dem Kleinen geht es gut. Der ist nämlich bei uns untergeschlüpft. Das sollte seine Mutter erfahren, meinen Sie nicht auch?», sagte nun Claire. Miri blickte sie überrascht an. So forsch hatte sie Claire Thalheim noch nie erlebt. Friedrichs Ehefrau war eine zarte Person und eher für leise Töne bekannt.

«Dann kommen Sie.» Die Schwester ging mit schnellen Schritten voran und blieb vor der letzten Tür auf dem langen Flur stehen. «Das Bett am Fenster.» Sie eilte davon.

«Wer redet nun mit ihr?», fragte Miri, bevor sie hineingingen.

«Du», sagte Claire. «Du bist in solchen Dingen versierter als ich.»

«Aber du bist eine Mutter», sagte Miri. «Das hast du mir voraus. Also nichts wie rein mit dir!»

Zunächst sahen sie nur einen Schopf rotblonder Locken, so hoch hatte die Patientin ihre Bettdecke über sich gezogen. Erich hatte die Wahrheit gesagt: Die Haarfarbe seiner Mutter war mit der Floris nahezu identisch.

Unschlüssig blieben die beiden eine Weile neben dem Bett stehen.

«Wecken Sie sie ruhig auf», kam von der Zimmergenossin gegenüber. «Die schläft ohnehin zu viel, sagen die Ärzte.»

«Frau Bednarz», sagte Miri sanft. «Bitte nicht erschrecken! Mein Name ist Miriam Sternberg, und die Dame neben mir ist Claire Thalheim …»

«Erich?» Sie schoss hoch wie eine Rakete und verzog

dabei schmerzerfüllt das Gesicht. Die Ähnlichkeit mit ihrem Sohn war unübersehbar: die gleiche hohe Stirn, die gleichen hellen Augen, sogar die Nase mit dem kecken Schwung nach oben hatte sie ihm vererbt. «Sie kommen doch wegen ihm, habe ich recht? Mein Junge ist doch nicht …»

«Ihrem Jungen geht es gut», beruhigte sie Claire. «Von einer fiebrigen Erkältung mal abgesehen.»

«Erich ist krank? Aber woher wissen Sie das überhaupt? Ich hab ihm doch eingeschärft, dass er zu Hause bleiben soll, bis ich entlassen werde. Schule – und dann gleich wieder zurück ins Warme!»

«Was er ganz offensichtlich nicht konnte», schaltete sich nun Miri ein. «Ihre liebreizende Vermieterin hat ihm nämlich die Kohlen weggesperrt. Folglich war das Zimmer eiskalt. Ins Bad hat sie ihn auch nicht mehr gelassen. Als sie dann auch noch einen Großteil seiner Lebensmittelmarken konfisziert hat und er nicht mehr wusste, was er essen sollte, ist Erich abgehauen und auf Umwegen schließlich bei uns in Charlottenburg gelandet.»

«Charlottenburg? Aber das liegt doch meines Wissens eine ganze Ecke von Spandau entfernt …» Gundels Brust hob und senkte sich viel zu schnell.

«Da haben Sie recht. Der Kleine war ziemlich fertig, als meine Stieftöchter ihn nachts gefunden haben, mutterseelenallein, unter einem Lumpenhaufen, im Schnee», sagte Claire. «Sie haben ihn eingesammelt und anschließend in unsere Wohnung gebracht. Keine Angst – es ist ihm nichts Schlimmes passiert! Ein Arzt hat schon nach ihm gesehen. Erich ist stark erkältet, aber bereits auf dem Weg der Besserung. Er wird wieder ganz gesund!»

«Diese Lerke!», schnaubte Gundel Bednarz. «So nennt man bei uns zu Hause Miststücke wie die Heitmann. Vom ersten Moment hat sie uns nicht in ihrer Wohnung haben wollen.» Ihre Stimme wurde schrill. «Habenichtse, dummes Pack, Nichtsnutze, Wasserpolacken, so hat sie uns beschimpft. In ihren Augen sind wir Flüchtlinge nichts als Dreck. Zu Hause sind wir nur an den Feiertagen zur Messe gegangen, aber das ist jetzt anders. Denn ohne den Beistand der Kirche hätten wir es in Spandau gar nicht ausgehalten. Pfarrer Matysek von St. Marien, ein schlesischer Landsmann aus Olmütz, hat uns in diesem hoffnungslosen Schreckensjahr immer wieder Mut gemacht. Lebensmittel hat er uns zugesteckt, wann immer er konnte, gebrauchte Kleidung, ein paar Spielsachen. Mir hat er eine Anstellung in einem kleinen Laden besorgt. Ich mag diesen Mann von Herzen, und Erich verehrt ihn regelrecht!»

«Kinder brauchen solche Vorbilder», fügte Claire hinzu. «Meine Tochter schwärmt für ihren Deutschlehrer. Alles, was aus dessen Mund kommt, ist für sie heilig.»

Gundel Bednarz nickte zerstreut. «Warum hat Erich sich denn nicht an Pfarrer Matysek gewandt, als er nicht mehr weiterwusste?», sagte sie leise. «Der hätte ihm doch sicherlich geholfen!»

«Vielleicht hat er ihn ja nicht erreicht», sagte Miri. «Oder Erich hat sich geschämt. Ein Junge muss stark sein, nicht verzweifelt. So etwas in der Richtung. Hat man ihnen ja schließlich lange genug eingetrichtert …»

«Ja, das klingt plausibel. Unser Selbstbewusstsein ist jedenfalls am Boden, seitdem wir heimatlos geworden sind, meines und das von Erich ebenso. Erst der eisige Marsch, dann diese deprimierenden Lager und schließlich wie ein Sack Lumpen irgendwelchen Menschen aufgedrängt zu werden, die einen verachten …» Sie seufzte. «Dabei konnten wir doch gar nichts dafür. Die britischen Behörden haben uns bei dieser Gertraud Heitmann einquartiert, weil ihr Mann einen gehobenen Posten im Reichsministerium für Propaganda hatte. ‹Goebbels direkt zugearbeitet› – tagein, tagaus hat sie uns damit in den Ohren gelegen. Und ihr widerlicher Sohn mit dazu. Richtig gequält hat dieser eklige Winfried meinen Kleinen, doppelt so groß und dreimal so schwer wie Erich. ‹Mein Vater prügelt dich windelweich, sobald die Tommys ihn endlich wieder rauslassen›, hat er ihm gedroht. ‹Wenn der eines nämlich nicht leiden kann, dann freche Rotzlöffel wie dich, die sich in seiner Wohnung breitmachen!›» Gundel hielt inne. «Und Sie sagen, es geht Erich wirklich gut?»

Miri nickte. «Sie können uns vertrauen, Frau Bednarz. Wir kümmern uns um Ihren Sohn.»

Die nächsten Sätze kamen stoßweise.

«Ich hab nämlich schon einmal ein Kind verloren. Hanna war erst vier, als die Polen uns rausgeworfen haben. Den langen eisigen Fußmarsch Richtung Westen hat sie nicht überlebt. Irgendwann in der dritten Nacht muss sie erfroren sein. Ich hab es nicht einmal gemerkt, so erschöpft war ich selbst von den Strapazen. Am Morgen war sie schon ganz steif. Erich hat so furchtbar geweint, als wir sie im Schnee zurücklassen mussten. Nicht einmal anständig begraben konnten wir sie, weil der Boden zu hart dafür war. Nur eine ramponierte Puppe ist uns als Erinnerung an unsere süße kleine Hanna übrig geblieben …» Gundel traten die Tränen in die Augen.

Miri und Claire sahen sich an.

Noch eine Zentnerlast, die auf Erich lag. Höchste Zeit, dass es für die kleine Familie wieder aufwärtsging!

«Wir haben uns für die Heitmann plus Anhang eine hübsche Überraschung ausgedacht.» Miri gelang ein Schmunzeln. «Ganz zufällig ist nämlich ein junger britischer Offizier ein enger Freund der Familie. Erich und Sie werden dieser bösen Vermieterin für alle Zeiten in Erinnerung bleiben, das garantiere ich Ihnen!»

«Sie hat es bestimmt verdient, dass ihr mal jemand Paroli bietet, aber vergessen Sie nicht: Wir müssen ja wieder dorthin zurück. Und wenn wir ihnen Ärger machen, werden sie uns das erst recht heimzahlen.» Das Gesicht der Kranken war noch bleicher geworden. Stöhnend legte sie sich eine Hand auf den Oberbauch. «Eigentlich sagt man ja, Gallensteine seien die Krankheit der Schlemmer, aber manchmal kommen sie eben auch vom Hungern. Meine Galle ist raus; die Wunde heilt zufriedenstellend. Allerdings ist der Schnitt ganz schön lang. Und den spüre ich bei jeder Bewegung. Große Sprünge kann ich also so schnell keine machen …»

«Müssen Sie auch nicht!» Claire legte ihr ein Blatt Papier auf die Bettdecke.

«Was ist das?», fragte Gundel Bednarz irritiert.

«Bitte lesen Sie», bat Claire. «Am besten laut.»

«Minna Zander, Regensburger Straße 14, Wilmersdorf …» Gundel hielt inne. «Was soll das sein? Ich verstehe nicht ganz …»

«Sie müssen nicht mehr zur Heitmann zurück», sagte Miri. «Das ist Ihre neue Adresse, gerade frei geworden, weil die Familie, die bislang da gewohnt hat, zu Verwandten in die Eifel verzogen ist. Auch zur Untermiete, aber es sind immerhin zwei Zimmer. Die Wohnungsinhaberin, eine Kriegerwitwe namens Minna Zander, soll ausgesprochen kinderlieb sein. Na, sind das keine guten Neuigkeiten?»

«Sie erlauben sich keine Scherze mit mir, oder?»

«Selten war mir etwas ernster», versicherte Miri. «Schriftlich bekommen Sie alles in wenigen Tagen. Aber im Namen der britischen Zonenverwaltung darf ich Ihnen schon heute sagen, dass alles seine Richtigkeit hat!»

Gundel Bednarz' Lippen begannen zu zittern. Dann flossen die Tränen. «Ich weiß gar nicht, was ich sagen soll!», schluchzte sie. «In ein paar Tagen wollen sie mich entlassen, und ich bin doch noch immer so wacklig auf den Beinen. Wenn wenigstens mein Mann bei uns wäre! Frank ist Optikermeister, der hat immer den Durchblick und stets die richtigen Worte parat. Die ersten Kriegsjahre war er wegen seiner Rückenverkrümmung von der Wehrmacht zurückgestellt, doch bei der Ardennenoffensive war auch er fällig und geriet schließlich in französische Gefangenschaft. Jetzt lassen die Franzosen ihn zur Strafe in einem Bergwerk schuften. Wie er das überhaupt mit seinem kaputten Rücken schafft? Muss ihm doch höllisch weh tun! Aber Frank ist so tapfer. In seinen Briefen steht nichts von all den Qualen …» Sie schüttelte den Kopf. «Wieso tun Sie das alles für uns? Wir sind doch wildfremde Leute für Sie!»

«Weil ich nicht mehr am Leben wäre, hätten sich nicht Wildfremde meiner angenommen», antwortete Miri. «Manche Mitbürger haben mich gejagt, belästigt oder verpfiffen. Aber es gab auch andere, Menschen, die mich gewarnt, mit Essen und einer Unterkunft versorgt oder in anderer Weise unterstützt haben. Sich als Jüdin in Berlin zwei Jahre lang versteckt zu halten wäre ohne deren Hilfe niemals möglich gewesen. Ich weiß sehr wohl, wie sich Heimatlosigkeit anfühlt, wie zutiefst niederschmetternd das Gefühl sein kann, ausgestoßen zu sein und nirgendwo dazuzugehören. Niemals wieder – das hab ich mir damals geschworen, nicht für mich, aber auch nicht für andere. Nicht, solange ich es verhindern kann.»

Sie griff in ihre Handtasche, holte ein paar Blätter heraus. «Die stammen von Flori, dem Nesthäkchen der Familie Thalheim. Sie hat Erich gezeichnet, so wie sie alles mit dem Zeichenstift festhält, was ihr begegnet.»

Gundels Züge entspannten sich, während sie die Zeichnungen betrachtete. «Das ist aber gut getroffen! Ja, das ist mein Erich, wie er leibt und lebt. Diese Flori besitzt großes Talent.»

«*Ma puce*», sagte Claire stolz. «Manchmal könnte man fast glauben, der Stift sei an ihrer Hand angewachsen! Vierzehn wird sie bald und träumt von einer großen Karriere als Künstlerin. Aber in diesen Zeiten?» Jetzt seufzte sie. «Man wird sehen …»

«Verdammt hübsch ist sie zudem», ergänzte Miri. «Was Erich offenbar auch aufgefallen ist, so gern, wie er sie um sich hat. Flori war zunächst die Einzige, die er ins Vertrauen gezogen hat. Die durfte uns dann mit seiner Erlaubnis berichten, was ihm zugestoßen ist.»

«Aber mein Junge ist doch erst acht …»

«Na und?» Jetzt grinste Miri. «Fragt Verliebtheit jemals nach dem Alter? Meines Wissens nicht!»

«Sie haben recht.» Jetzt brachte auch Gundel Bednarz ein winziges Lächeln zustande. «Ich hab solche Sehnsucht nach Erich! Wann kann ich ihn sehen?»

«Der Arzt hat von mindestens zwei Tagen strenger Bettruhe gesprochen», sagte Claire. «Sobald es irgend möglich ist, bringen wir ihn zu Ihnen, einverstanden?»

Gundels Nicken wollte gar nicht mehr enden. «Danke», sagte sie. «Danke! Das wäre das schönste Weihnachtsgeschenk, das ich jemals bekommen habe!»

«Und was machen wir beide nun?», fragte Miri, als sie das Krankenhaus wieder verlassen hatten.

«Was wohl?», fragte Claire und klang nicht gerade begeistert. «Nach Hause stiefeln, versuchen, aus dem bisschen Nichts, das es hoffentlich gibt, irgendetwas Essbares zu zaubern, danach alles abwaschen und …»

«Warte!» Miri hob die Hand. «Heute machen wir mal was anderes. Komm, der Bus hält dort drüben!»

Sie stiegen ein, als das klapprige Gefährt hielt. Miri bezahlte die Fahrkarte für sie beide.

«Hab ein bisschen was beiseitegelegt», sagte sie. «Die eine oder andere von Mamas früheren Kundinnen nimmt meine Dienste als Schneiderin in Anspruch. Außerdem hatte ich meine Lebensmittelmarken … verlegt. Und wiedergefunden. Das ist die Gelegenheit, sich ausnahmsweise mal was zu gönnen.»

«Aber der Bus verlässt ja gerade den britischen Sektor!», sagte Claire erschrocken und zeigte aus dem Fenster. «Du willst doch nicht etwa zu den Sowjets?»

«Keine Angst! Die tun uns schon nichts. Wir fahren ja nur zum Weihnachtsmarkt im Lustgarten. Hab gehört, dort soll es ganz hübsch sein – falls man in diesen Zeiten überhaupt von ‹hübsch› sprechen kann!»

«Ist das denn überhaupt etwas für dich?», rutschte es Claire heraus. «Ich meine ja nur, weil ihr doch …» Sie verstummte.

«Du meinst, weil wir Juden nicht Weihnachten feiern?», ergänzte Miri den Satz. «Da hast du allerdings recht. Als Kind war ich oft so traurig darüber, dass Mama mir sogar einen kleinen Tannenbaum gekauft und mit lauter Süßigkeiten behängt hat.» Die Erinnerung ließ sie schmunzeln. «Über das Baby in der Krippe hab ich mich allerdings ziemlich aufgeregt. Wer konnte so gemein zu einem Säugling sein! Aber um die schönen Geschenke habe ich meine christlichen Freundinnen oft beneidet. Die hätte ich nämlich auch gern gehabt. Da hat Mama irgendwann damit angefangen, mich ebenfalls zu beschenken, reichlicher, als es an Hanukkah üblich ist. Im Gegenzug habe ich für sie etwas gebastelt oder genäht. Also haben wir offiziell Hanukkah gefeiert – und Weihnachten eben heimlich!» Miri spähte nach draußen. «Nächste Station ist Museumsinsel. Da müssen wir raus!»

«Da war ich nicht mehr, seitdem der Krieg zu Ende ist», sagte Claire. «Die Nazis hatten hier immer ihre gewaltigen Aufmärsche …» Sie schüttelte sich. «Gut, dass das vorbei ist!»

«Was übrig blieb, sind Trümmerhaufen.» Miris Stimme klang belegt, Kältewölkchen stiegen vor ihrem Mund auf. Sie schlang den Schal enger um ihren Hals und blickte sich um. Das Schloss und das Alte Museum waren nahezu ausgebrannt, der Dom hatte seine Kuppel verloren. Nur der riesige gepflasterte Platz davor hatte unbeschadet überlebt. Miri fasste Claire am Arm. «Schau, dort drüben, da sind ein paar Büdchen!»

Beim Näherkommen fiel ihnen auf, dass der kleine Markt erstaunlich gut besucht war. Die Buden waren einfachste Bretterkonstruktionen, das angebotene Sortiment war ebenso simpel – Strohsterne, Selbstgestricktes wie Pulswärmer, Mützen oder Schals, ein paar Filzbommeln, selbstgemachte Kerzen, Holzbretter, altes Blechspielzeug, das den Krieg wie auch immer überstanden hatte. Dennoch vermittelte dieses bunte Treiben auf tröstliche Art Normalität, wirkte geradezu unwirklich inmitten der verschneiten Trümmerlandschaft. Miri und Claire schlenderten an den Grüppchen vorbei, die sich vor den Buden drängten, und sahen rosige Wangen, die nicht nur von der Kälte herrührten, und leuchtende Augen, besonders, als ein Leierkastenmann *Süßer die Glocken nie klingen* zu spielen begann.

Man hatte sogar ein schäbiges kleines Karussell mit abgegriffenen Pferdchen aufgestellt, auf deren Rücken die Kinder jauchzten. Fünfzig Pfennige kostete eine Fahrt, ein Heidengeld, doch einige Eltern drückten beide Augen zu und ließen ihre Sprösslinge sogar zweimal fahren.

Tannen oder Fichten gab es dagegen nirgendwo zu kaufen, auch nicht unter der Hand, obwohl Claire an allen Ständen danach fragte, wohl wissend, wie sehr Flori sich einen Weihnachtsbaum wünschte. Nicht einmal irgendwelche dürre Zweiglein wurden angeboten. Miri erstand schließlich ein paar Strohsterne, Claire liebäugelte stark mit einer geschnitzten Krippe, entschied sich dann aber, aus Vernunftgründen, wie sie sagte, dagegen.

«Platz haben wir ohnehin keinen, so beengt, wie wir nun leben. Und ein Jesuskind ist uns auch so ins Haus geschneit. Das muss für dieses Jahr reichen!»

«Dann nimm wenigstens zwei dieser Kerzen», schlug Miri vor, als sie vor einem kleinen Stand angelangt waren, an dem ein zahnloser Mann ein Dutzend davon anbot.

«Ob die überhaupt brennen?», wandte Claire ein.

«Und ob die brennen, werte Dame», versicherte der Verkäufer mit breitem Grinsen, das sein ganzes Zahnfleisch entblößte. «Dit is echte Handarbeit. Allet von mir höchstpersönlich herjestellt!»

«Ist doch eigentlich vollkommen egal!», sagte Miri leise. «Selbst, falls nicht … Wenn du sie später ansiehst, wirst du dich stets an dieses Weihnachten im Hungerwinter erinnern, und daran, dass es so niemals wieder werden soll.»

«Das mache ich.» Claire lächelte. «Und weißt du, was, Miri? Ich bin froh, dass du mich hergebracht hast. Auf einmal fühle ich mich nämlich doch ein bisschen weihnachtlich!»

5

Berlin, 21. Dezember 1946

«Ich brauche einen Baum, Werner, egal, wie! Sonst wird der Haussegen bei uns nicht mehr gerade.» Friedrich Thalheim kam sofort zur Sache. Die Aussicht, dieses Jahr ohne Weihnachtsbaum zu feiern, trübte die Stimmung im Hause Thalheim erheblich. Flori zog seit Tagen ein langes Gesicht. Und da auch Claire auf dem Weihnachtsmarkt keinen Tannenzweig hatte ergattern können, sah er sich als Familienoberhaupt in der Verantwortung, die Baumbeschaffung in die Hand zu nehmen.

Er schwitzte, fühlte sich alles andere als wohl in der Wohnung am Lauenburger Platz, in der sein alter Geschäftsfreund Brahm nun seit neuestem residierte. Fünfter Stock, Zimmer ohne Ende und Stuckdecken so hoch, dass Trapezkünstler ohne Schwierigkeiten darunter hätten üben können. Wie Brahm wohl im zerstörten Berlin an solch ein Juwel gekommen war? Die Frage konnte er sich sparen, denn Brahms Antwort lautete stets gleich: «Kontakte, Fritz, gute Kontakte!»

«Sonst hast du keine Wünsche?» Brahms Lachen klang scheppernd.

«Schon. Aber diesen kannst nur du erfüllen. Wer, wenn nicht du, der in Berlin Hinz und Kunz kennt!»

«*Flattery will get you nowhere*, würden meine amerikanischen Freunde jetzt garantiert sagen. Mit denen komme ich, wie du weißt, viel besser zurecht als mit diesen steifen Tommys, die offenbar alle einen Stock im Allerwertesten spazieren tragen! Deshalb bin ich kürzlich auch hierher nach Steglitz, in den amerikanischen Sektor, gezogen, um mehr Luft zu haben – zum Atmen wie auch zum Geschäftemachen.»

Seine weit ausholende Geste umschloss den großen Raum, der mit einem riesigen Esstisch, fünf antiken Stühlen, von denen jeder anders aussah, zwei ramponierten Ledersofas plus windschiefem Kronleuchter ebenso abenteuerlich wie schäbig möbliert war.

«Solltest auch du ernsthaft in Erwägung ziehen. Das Vereinigte Königreich ist verarmt, dunkel und rückständig. Ja, die Briten haben den Krieg gewonnen, aber doch niemals aus eigener Kraft! Was wären sie ohne die Amis? Nichts als ein lächerlicher Furz in der Geschichte! Was willst du schon mit Leuten anfangen, die ihren Salat kochen, ständig Tee trinken wollen und auf der verkehrten Straßenseite Auto fahren? Die Zukunft gehört eindeutig den USA – die sind reich, hell, modern. Flotte Autos, Bourbon *on the rocks*, das sind Männer voller Tatkraft und mit Visionen, das ist die Seite der Gewinner, mein Lieber!»

«Ganz offensichtlich.» Leicht gereizt sah Friedrich sich um. «Du wohnst hier allein?»

«Die meiste Zeit – ja.» Brahms Grinsen driftete ins Anzügliche. «Die Damen, die mich bisweilen beehren, legen keinen Wert auf Frühstück, und ich tue das ebenso wenig. Noch bin ich Junggeselle mit allen Privilegien! Doch sollte demnächst die Frau meines Herzens bei mir einziehen, wäre es selbstredend mit derartigen Eskapaden vorbei. Schließlich bin ich ein Ehrenmann, Fritz – das weiß keiner besser als du!»

Friedrich nickte zerstreut. «Zurück also zu meinem Anliegen. Ich bräuchte dringend einen Weihnachtsbaum …»

«Was bin ich bloß für ein unaufmerksamer Gastgeber!» Brahm schlug sich gegen die hohe Stirn. «Da quassle und quassle ich, ohne dir etwas anzubieten.» Er öffnete ein niedriges rotes Sideboard, das eine beachtliche Batterie an Alkoholischem preisgab. «Gin, Wodka, Brandy, Bourbon, Martini – such dir aus, was immer du willst!»

«Danke nein, so hartes Zeug ist nichts für meinen Magen», entgegnete Friedrich. «Seit die Russen mich in Gewahrsam hatten, ist er noch empfindlicher geworden.»

«Russen – da erinnerst du mich an was!» Brahm ging hinaus, um kurz darauf mit einer großen Flasche, zwei schlanken Gläsern und einer großen blauen Blechdose zurückzukehren. «Russischer Wodka und echter Kaviar, alter Freund! Hab ich beides für einen besonderen Augenblick aufbewahrt.»

Er öffnete die Flasche und goss die Gläser großzügig voll.

«Klar und rein, die beste Medizin», sagte Brahm anerkennend. «Der wird dir die Magenwände regelrecht salben! Dazu ein Löffelchen von diesen köstlichen schwarzen Perlen …»

«Bist du vielleicht taub, Werner?» Friedrich wurde langsam sauer. «Ich habe Magenprobleme!»

«Und du, Fritz, bist du vielleicht dumm?», konterte Brahm. «Ungehobelt bist du auf jeden Fall, denn *du* willst ja schließlich etwas von *mir*, oder etwa nicht? Dann stoß jetzt gefälligst mit mir an!»

Die Gläser klirrten, beide tranken.

Brahm ließ nicht locker, bis Friedrich auch vom Kaviar gekostet hatte.

«Und?», fragte er ihn begierig. «Habe ich zu viel versprochen? Also, ich könnte mich darin wälzen!»

Friedrich verzog das Gesicht. «Alma war ganz verrückt danach. Ich kann diesem fischigen Zeug nicht allzu viel abgewinnen. Ein ordentliches Wiener Schnitzel ist mir lieber.»

«Du bist und bleibst eben ein Spießer, Fritz!» Brahm schüttete sich aus vor Lachen. «Hab ich ehrlich gesagt schon immer geahnt, aber nun ist es sozusagen amtlich! Macht nix, dann bleibt mehr für mich übrig. Mir schmeckt das gute Leben nämlich!» Mit Hilfe eines Suppenlöffels schaufelte er den Kaviar in sich hinein.

«Kannst du mir nun helfen – oder kannst du es nicht?», drängte Friedrich.

«Hier unten vor meinem Fenster standen so schöne Sumpfeichen – alles abgeholzt, weil die Leute es warm haben wollen. Selbst im Grunewalder Forst sieht es zappenduster aus: Ein großer Teil des Baumbestands ist im Krieg verbrannt. Eine Kastanie wirst du ja wohl kaum im Wohnzimmer aufstellen wollen, und was die Kiefern betrifft …»

«Meinetwegen auch eine Kiefer. Egal, solange der Baum nur Nadeln hat», unterbrach ihn Friedrich. «Ich konnte durch Zufall ein paar alte Glaskugeln auftreiben. Meine Mädchen ahnen noch nichts davon. Als Familienoberhaupt möchte ich sie mit einem geschmückten Weihnachtsbaum überraschen!»

«… was die Kiefern betrifft», wiederholte Brahm, ohne sich aus dem Konzept bringen zu lassen, «so haben die Amis ein äußerst wachsames Auge darauf. Nicht, weil sie selbst mit einer Weihnachten feiern wollen, dafür nehmen sie wie für so vieles andere Plastik, sondern weil mittlerweile weite Regionen des Forsts militärisches Sperrgebiet sind. Sich da unbefugt mit einer Axt in der Hand zu schaffen zu machen könnte recht unerfreuliche Folgen haben …»

Er füllte die Gläser erneut.

«Du kannst mir also nicht helfen», fasste Friedrich zusammen.

«Warum denn gleich voller Ungeduld die Flinte ins Korn werfen, mein Lieber? Ist doch schließlich bald Weihnachten, das Fest der Liebe und der Besinnung! Sollten wir da nicht alle ein wenig zur Ruhe kommen?»

«Wie sollte ich Ruhe finden? Mein einziger Sohn ist verschollen in Russland, meine hungrige Familie braucht Essen, ständig sitzen wir im Kalten, weil das Gas nur noch stundenweise läuft, mein Kaufhaus ist ein Trümmerhaufen, und dieser schäbige kleine Laden am Savignyplatz kann doch niemals ersetzen, was wir …» Friedrich hielt inne.

«Du hast eben die Zeichen der Zeit nicht erkannt», sagte Brahm. «Das rächt sich nun.»

«Welche Zeichen denn?», blaffte Friedrich zurück.

«Das mit dem Kleiderverkauf ist gut und schön, und an den Lumpenkleidern haben wir beide ja auch ganz ordentlich verdient, aber richtig dicke Kohle lässt sich damit natürlich nicht machen. Das geht nur im Kontakt mit den Siegern, Fritz. Und mit solchen, die sich als Sieger fühlen wollen – obwohl sie verloren haben.»

«Ich versteh kein Wort!»

«Dann folge mir mal unauffällig.»

Brahm führte ihn durch einen langen Korridor, dessen Eichenparkett an einigen Stellen aufgequollen war.

«Das Dach hat leider noch kurz vor Schluss einen deftigen Bombenkuss abgekriegt und ist daher an manchen Stellen undicht», erklärte er beiläufig. «War anfangs ganz schön feucht in der Wohnung, und ich musste mit Eimern und Töpfen hantieren, um nicht davonzuschwimmen. Inzwischen ist der Schaden zumindest provisorisch behoben. Na ja, bis man es zum eigenen Häuschen gebracht hat, was hoffentlich nicht mehr lange dauern wird, ist es auszuhalten!» Er stieß eine Tür auf. *«Here we are!»*

Stapelweise Kartons, die meisten verschlossen, einige aufgerissen. *Preuß & Temmler-AG*, stand auf allen in dicken schwarzen Versalien.

«Was soll das sein?» Friedrich runzelte die Stirn. «Der Name sagt mir nichts.»

«Oh, der liebe Fritz weiß es nicht!» Brahm war in einen hohen Singsang verfallen. «So rein, so unschuldig …» Seine Stimme kippte, klang wieder normal. «Damit kannst du Träume wahr machen, Mann! Nie mehr müde oder hungrig sein, sich plötzlich wie ein Löwe fühlen und nicht länger wie eine Maus, nicht mehr denken, sondern nur noch schießen – na, dämmert es noch immer nicht bei dir? Handelt sich schließlich um ein angesehenes Berliner Unternehmen, das sich 1933 übrigens ebenso elegant seines jüdischen Miteigentümers entledigt hat wie du!»

«Mein Compagnon Markus Weisgerber hat Deutschland aus freien Stücken verlassen», wehrte sich Friedrich. «Anständig von mir abgefunden! Mich trifft keine Schuld – das hat sogar der Richter im Entnazifizierungsprozess vor ein paar Monaten festgestellt. Und die Briten sind streng. Das weiß jeder.»

«Der Prozess hätte aber auch ganz anders ausgehen können, hätte nicht die entzückende kleine Sternberg zu deinen Gunsten ausgesagt, nicht wahr? Wie du es nur immer anstellst, Fritz, dass die Frauen dir aus der Hand fressen! Da kann man in der Tat noch jede Menge von dir lernen …»

Brahms anzügliches Grinsen erlosch jäh, während er weitersprach: «Aber zurück zu meinem Schatz: Pervitin, so nennt sich dieses Amphetamin. Millionen deutscher Landser hatten es im Marschgepäck und haben es brav zu sich genommen, damit erklären sich auch des Führers Blitzsiege in Polen und Frankreich.» Auf seiner ausgesteckten Hand lag plötzlich eine kleine weiße Pille.

«Du nimmst es selbst ein?», fragte Friedrich.

«Bin ich wahnsinnig? Nur ein einziges Mal zur Probe.

Musste doch schließlich wissen, was ich da verkaufe! Aber dein geliebter Sohn Oskar dürfte es in Russland regelrecht gefressen haben, da würde ich drauf wetten. Viele ehemalige Soldaten gieren noch heute danach, denn Hunger und Kälte haben wir ja wieder – oder sollte ich besser sagen: noch immer? Auch meine Freunde, die Amis, sind ganz scharf auf *The German Wunderpille*. Ich kann den Marktpreis quasi diktieren, so immens ist die Nachfrage. Wie ich da rangekommen bin? *Well*, ein gütiges Schicksal hat mir diesen Bestand sozusagen in die Hände gespielt. Oder sollte ich besser sagen, das war mein Luchsauge, dem kein gutes Geschäft entgeht? Auf jeden Fall habe ich zugegriffen. Und sieh her, Fritz: Das ist mein Spezialangebot für den echten Connaisseur, sozusagen die Premiumklasse.»

Aus einem der oberen Kartons holte er eine Tafel Schokolade, gehüllt in rotes, mit Goldlettern bedrucktes Papier.

«Panzerschokolade. Mit Lorbeer und Pervitin», las er vor. «Jetzt kommt das Entscheidende, also aufgepasst: *Handgeschöpft in den Hermann-Göring-Schokoladenwerken* – allein dafür rennen sie mir die Bude ein, Nostalgie-*feeling*, du verstehst! Gedopte Schokolade schlecken und sich dabei wie ein Kamikaze-Pilot fühlen, wie erhebend muss das sein!»

«Was du da tust, das ist kriminell …»

«Was soll daran kriminell sein? Ich mache doch nichts anderes als die deutsche Wehrmacht mit ihren Soldaten, nur dass ich privat daran verdiene.»

«Du bist zum Zyniker geworden, Werner», sagte

Friedrich verächtlich. «Ich erkenne dich gar nicht wieder! Wo ist der patente Unternehmer, den ich früher so geschätzt habe?»

«Die Zeiten ändern sich nun mal, und wir müssen uns mit ihnen ändern, wenn wir nicht untergehen wollen. Bist ein Fuchs, Fritz, denn natürlich geht es nicht ab ohne gewisse Nebenwirkungen, das hast du gut erkannt: Ekzeme, Haarausfall, die Zähne beginnen zu wackeln, die Schleimhäute zersetzen sich. Attraktiver wird man definitiv nicht, wenn man dieses Zeug zu lange schluckt, das steht fest, von ein paar saftigen Wahnvorstellungen ganz zu schweigen. Aber einen Tod muss man sterben, so heißt es doch im Volksmund. Meine Kunden interessiert das alles ohnehin nicht. Fliegen wollen sie, abheben, die lausige Gegenwart hinter sich lassen, sich wieder als starke, strahlende Helden fühlen, auch wenn ein Bein oder ein Arm fehlt. Illusionen eben. Du hast mich als Zyniker beschimpft. Ich finde, man könnte mich eher als Menschenfreund bezeichnen. Denn ich bin der, der ihnen diese Illusionen schenkt, vorausgesetzt natürlich, sie können sie auch bezahlen.»

«Ich weiß gar nicht, was ich sagen soll …» Friedrich schwitzte noch stärker.

«Dann lass es gut sein für den Moment. Das Geschäft entwickelt sich so prächtig, dass ich einen Partner gebrauchen könnte, der mich in manchen Bereichen entlastet. Einen echten Kaufmann mit Weitblick und Verstand. Warum eigentlich nicht auf einen Vertrauten zurückgreifen? Denk nach, Fritz, ob du nicht vielleicht dieser Jemand sein möchtest …»

«Mit Drogen Geld verdienen? Niemals!» Friedrich schrie Brahm die Worte geradezu entgegen. «Da hast du den Verkehrten gefragt!»

«Schon gut, schon gut, war ja lediglich ein Angebot», lenkte Brahm ein. «Ich darf davon ausgehen, dass es unter uns bleibt?» Als keine Antwort kam, setzte er nach: «Anderenfalls sähe ich mich leider gezwungen, einige unserer kleinen Geschäftsgeheimnisse preiszugeben. Was für dich unter Umständen recht pikant werden könnte ...»

«Wer sich mit dir einlässt, den hat wirklich der Teufel geritten», schäumte Friedrich. «Ich will nichts mehr von dir wissen!»

Friedrich spürte, dass ihm die Zornesröte ins Gesicht gestiegen war. Geschäftssinn in allen Ehren, dafür war er stets zu haben, aber diesem Kriminellen war wirklich nichts heilig, wenn es um die schnelle Mark ging.

Angewidert wendete er sich zum Gehen.

«Schade!», rief Brahm ihm hinterher und klang dabei sanft, fast bedauernd. «Nun bringst du also keinen Weihnachtsbaum nach Hause. Ein Familienoberhaupt, das nicht einmal eine so kleine Bitte seiner – wie hast du sie noch gleich genannt? – ach ja, seiner *Mädchen* erfüllen kann. Na, da wird aber der Putz ganz schön bröckeln! Wie sollen sie denn weiterhin bewundernd zu einem Ehemann und Vater aufschauen, der das nicht zustande bringt?»

«Wenn du mich provozieren willst ...» Friedrich war stehen geblieben und ballte die Fäuste.

«Ganz im Gegenteil! Wenn du nicht ins Pervitin-Geschäft einsteigen willst, geschenkt! Trotzdem will ich dir helfen, allerdings nur, wenn auch du mir einen Wunsch erfüllst.»

«Und der wäre?», knurrte Friedrich.

«Ein Abendessen mit deiner Ältesten.»

«Du sprichst doch jetzt nicht etwa von meiner Rike?», fragte Friedrich fassungslos.

«Aber natürlich! Nur sie und ich, wir beide ganz traut zu zweit. Sozusagen ein festliches Weihnachtsdinner. Mensch, Fritz, alter Kumpel, ich will auch nicht immer allein sein! Ist doch schließlich bald Weihnachten ...» In seine Augen trat ein entrückter Glanz.

Friedrich wollte etwas entgegnen, Brahm aber ließ ihn nicht zu Wort kommen.

«In diesem Fall würde ich selbstredend auch den gewünschten Baum pünktlichst zum Fest liefern. Du musst wissen, ich bete Rike seit langem an. Ihre kühle Unnahbarkeit ist schlichtweg unwiderstehlich ...»

«Vergiss es!», fuhr Friedrich auf. «Rike hat keinerlei Interesse an dir. Außerdem gefällt mir nicht, wie du über meine Tochter sprichst. Das gehört sich nicht!»

«Sie bekommt Liebesbriefe aus Italien, weißt du das eigentlich, Fritz? Ja, mir bleibt nichts von dem verborgen, was ihr so treibt! Willst du wirklich einen dieser windigen Gigolos als Schwiegersohn haben? Dann doch lieber einen soliden deutschen Kerl mit Lebenserfahrung wie mich», sagte Brahm. «Den Himmel auf Erden hätte deine Tochter bei mir – und ihr alle mit dazu!»

«Du bist doch viel zu alt für sie. Und außerdem: Rike sucht sich den Mann fürs Leben selbst aus. Grips genug dazu hat sie. Und Geschmack ebenso. Verkuppeln muss die niemand.»

«Was heißt hier alt? Ich bin gerade mal fünfzig ...»

«Nahezu kahl und dazu dein furchtbares Gebiss – schau dich nur mal im Spiegel an! Nichts für ungut, aber für meine Tochter kommst du wahrlich nicht in Frage! Und außerdem: Was für ein Vater wäre ich, mein Kind zu verschachern – für einen lumpigen Weihnachtsbaum? Niemals, Werner. Niemals! Da hast du dich geschnitten.»

«Hochmut kommt bekanntlich vor dem Fall», erwiderte Brahm eisig. «Noch tragt ihr Thalheims die Nase ziemlich hoch. Aber ihr werdet noch lernen, wie es sich anfühlt, ganz unten zu sein – versprochen! Und jetzt sieh zu, dass du hier verschwindest, Fritz. Mit einer Memme wie dir verschwende ich nicht länger meine kostbare Zeit.»

Er hätte die U-Bahn nehmen und in weniger als einer halben Stunde zu Hause sein können, doch Friedrich Thalheim konnte jetzt keine engen Wände um sich herum ertragen. Was hatte Brahm, dieser Schuft, eingangs gesagt? Richtig: Er brauche mehr Luft.

Die brauchte Friedrich jetzt auch. Und zwar dringend.

Er lief los, zunächst ohne die Kälte zu spüren, während die Gedanken in seinem Kopf verrücktspielten. «Memme», hatte Brahm ihn genannt. Einer, zu dem die

Familie nicht mehr aufschauen könne, weil er zu nichts nutze war oder so ähnlich – welch bodenlose Frechheit!

Oder war vielleicht doch etwas dran?

Viel hatte er den Seinen seit Kriegsende tatsächlich nicht bieten können. Sich erst von den Russen einkassieren lassen, um dann in der Lagerhaft um ein Haar zu krepieren. Rike und Carl hatten schließlich seine Freilassung erwirkt, wie genau, hatten sie ihm bis heute nicht verraten.

Wie er diese Heimlichkeiten hasste!

Immer schon hatten diese beiden gern die Köpfe zusammengesteckt und etwas ausgeheckt – der ältere Bruder, der ihm so fremd war mit seiner Liebe zur Dichtkunst und den philosophischen Spinnereien, und seine Große, die so vernünftig war, so überlegt, so intelligent.

Dieses eine Mal hatten sie sich allerdings eindeutig zu seinen Gunsten verschworen. Obwohl: Seitdem waren die finanziellen Rücklagen, auf die er stets gebaut hatte, derart zusammengeschmolzen, dass Friedrich manchmal nackte Angst überfiel. Die alte Währung wurde ja ohnehin von Tag zu Tag immer weniger wert. Denn natürlich musste es ein neues *Modekaufhaus Thalheim* geben, das stand außer Frage. Allerdings kostete so ein Neubau Geld, *viel* Geld, sofern überhaupt wieder Materialien dafür vorhanden waren – und wie sollten sie das angesichts der bescheidenen Umsätze jemals zusammensparen?

Die Mädchen waren bienenfleißig, allen voran Rike, die ihr Studium an den Nagel gehängt hatte und jetzt im Lädchen bediente, obwohl sie mit ihrem schlauen Kopf eigentlich zu ganz anderen Aufgaben fähig wäre. Einen italienischen Verehrer sollte Rike laut Brahm also haben – sieh einmal an!

Den hatte sie dann sicherlich bei der Hochzeit dieser Elsa aufgetan, ihrer Jugendfreundin, die mit ihrem Mann in dessen Heimatstadt Mailand gezogen war. Vorgestellt hatte sich der junge Mann allerdings noch nicht bei den Thalheims, also sollte es wohl nichts Ernstes sein. Und doch: Der Gedanke, die Tochter zu verlieren und dann womöglich auch noch ins Ausland, verursachte ihm ein klammes Gefühl. Bei Silvie war das anders, die würde sich noch lange nicht fest binden, auch etwas, was ihm manchmal Sorgen bereitete, denn ein guter Ruf war schnell für immer ruiniert.

Ach, Kinder – die Sorgen wurden nicht kleiner, wenn sie groß wurden …

Friedrich blieb stehen, rang nach Luft.

Er war wohl in der eisigen Kälte zu schnell gelaufen, und der Jüngste war er zu seinem Bedauern auch nicht mehr. Die letzten Jahre waren verflogen, welken Blättern gleich, die zu Boden segelten, wenn der Wind hindurchfuhr. Schon stand die Sechzig wie ein mahnendes Zeichen am Horizont.

Dabei war er doch gerade noch jung gewesen …

Wie stark hatten Markus und er sich 1932 nach der Neueröffnung des *Modekaufhauses Thalheim* gefühlt! Zwei Freunde mit Geschäftssinn und lauter brillanten Ideen, denen die ganze Welt zu Füßen lag. Und dann, nur ein Jahr später, war nach der Machtergreifung der Nationalsozialisten alles ganz anders geworden und er von da an allein verantwortlich für das Unternehmen.

Seit dem Prozess vor ein paar Wochen musste er ständig an Markus denken. Wo der wohl in den USA lebte? Was er sich dort aufgebaut hatte?

Und ob der Traum seiner Frau Lilo von einem Kind mittlerweile in Erfüllung gegangen war?

Mit Markus an seiner Seite hätte er auch jetzt den Elan gehabt, die Ärmel hochzukrempeln und mutig wieder ganz von vorn zu beginnen, ohne Murren, ohne Rückschau, ganz auf die Zukunft ausgerichtet. Doch der jüdische Freund hatte all die Jahre kein einziges Lebenszeichen gesandt, und so war wohl nicht damit zu rechnen, dass er jemals wieder in die alte Heimat zurückkehren würde.

1933 – das Schicksalsjahr, das ihm auch seine Alma durch jenen schrecklichen Unfall geraubt hatte, die Vielbegehrte, Rätselhafte, auf deren Seelengrund keiner schauen konnte …

Friedrichs Augen wurden feucht.

Niemals würde er sie vergessen. Und doch durfte er sich beim Leben nicht beklagen. Wenig später hatte es ihm Claire geschickt, in ihrer Frische und Jugend ein wahrer Jungbrunnen, die in sein Dasein wieder Sonne gebracht und ihm als letzte Tochter Florentine geschenkt hatte.

Er liebte seine Töchter, alle drei, aber es gab da einen Schmerz, der das immer wieder überstrahlte. Wenn nur Oskar wieder bei ihm wäre, sein Junge, sein Erbe, der einmal die Tradition des Modekaufhauses weiterführen sollte! Ihn als Kriegsfangenen in den frostigen Weiten Russlands zu vermuten schmerzte Friedrich. Sich jedoch vorzustellen, dass Oskar nicht mehr am Leben war, überstieg sein Fassungsvermögen.

Jetzt fror Friedrich am ganzen Körper, und der Boden unter seinen Füßen schien zu schwanken. Er suchte Halt an der nächsten Hauswand, stand da eine ganze Weile, schwer atmend.

«Ist dir schwindelig?», hörte er eine helle Kinderstimme neben sich fragen. «Kenne ich von Oma, die hat auch immer solche Turbulenzen!»

Die Kleine war sechs, höchstens sieben, mit einer dicken, grauen Mütze, unter der ein schiefer Mäusepony und ein schmales Gesicht hervorlugten. Jemand hatte eine alte Armeejacke zu einer Art Zelt für sie umgeschneidert, das eine Schnur am Bauch zusammenhielt. In diesem Alter hatten Rike und Silvie bunte Schleifen im Haar getragen und waren in schicke Samtmäntelchen gehüllt, farblich stets aufeinander abgestimmt.

«Ich kann dich zu meiner Mama bringen», fuhr die Kleine fort. «Gleich dort drüben. Ins *Grüne Eck*, so heißt nämlich unsere Kneipe.»

«Sehr lieb von dir …»

«Lotte», unterbrach sie ihn. «Ich bin die Lotte, und jetzt komm schon!» Sie streckte ihm die Hand hin. Ihre roten Strickhandschuhe strebten bereits der Auflösung entgegen.

Friedrich ließ sich mitziehen, so schwach fühlte er sich auf einmal. Zusammen betraten sie das *Grüne Eck*, einen schmalen, dunklen Schlauch mit einer ramponierten Theke, hinter der eine blasse junge Frau stand.

«Kundschaft, Mama!», trompetete Lotte.

«Mensch, Mädchen, wat machste denn wieder! Ick hab dir doch schon hundertmal jesagt, det ick dit nich möchte …» Lottes Mutter schüttelte den Kopf. «Entschuldigen Sie bitte!», sagte sie zu Friedrich. «Meine Kleene ist manchmal einfach unmöglich!»

«Aber der Herr hatte doch Turbulenzen.» Lottes kleines Gesicht war sorgenvoll. «So wie Oma. Hab ich gleich gesehen. Und wenn er nun auch umgefallen wäre …»

«Ich könnte in der Tat ein paar Minuten im Sitzen ganz gut vertragen», sagte Friedrich und nahm auf einem der wackligen Stühle am Tresen Platz. «Ihre Kleine hat wirklich ein scharfes Auge. Wenn man zu viel an gestern denkt, tut das nicht gut, schon gar nicht an Weihnachten.»

«Wollen Sie was trinken?»

«Ja, aber bloß nichts Alkoholisches! Ich hab es nämlich am Magen …»

«Kinderpunsch? Früher aus Tee, Orange und Zitrone, heute nur noch aus Tee, ohne allet?»

«Wunderbar!»

Das Gebräu schmeckte wie Spülwasser, aber Friedrich trank es dennoch tapfer. Außer ihm war nur noch ein einziger Gast anwesend, der vor einem halbleeren Bierglas eingeschlafen war. Vielleicht, weil es in der kleinen Kneipe erstaunlich warm war.

Ein gusseisernes Öfchen bullerte vor sich hin.

«Manchmal fallen Briketts ja einfach so vom Zug»,

erklärte Lottes Mutter, die seinen Blick gesehen hatte. «Und wenn man dann ganz zufällig in der Nähe ist …»

«Das macht immer Manni», sagte Lotte. «Manni ist mein großer Bruder und wird bald vierzehn. Der ist vielleicht stark, kann ich dir sagen!»

«Meine Jüngste wird auch bald vierzehn», erwiderte Friedrich. «Flori heißt sie und kann wunderschön zeichnen.»

«Und was zeichnet Flori denn …»

«Lotte!», mahnte ihre Mutter. «Geh dem Herrn doch nicht so auf den Senkel! Ein Gast ist ein Gast, wie oft soll ich dir das noch sagen? Außerdem duzt man fremde Erwachsene nicht. Du bist groß genug, um das zu wissen.»

«Schon in Ordnung.» Friedrich lächelte. Die Wärme entspannte ihn, noch mehr aber das muntere Geplapper der Kleinen. «Ich bin übrigens der Fritz. Und Fremde sind wir beide auch nicht mehr. Wenn man jemanden vor Turbulenzen gerettet hat, so wie du mich, Lotte, dann darf man ruhig du sagen.»

Lotte strahlte. «Du bist lieb, Fritz», sagte sie. «Und deine Flori hat es gut. Manni und ich haben nämlich keinen Papa mehr. Der ist in Frankreich hingefallen. Am Meer …»

«Gefallen», verbesserte ihre Mutter. «So nennt man das, wenn ein Soldat stirbt.»

«Grab hat er auch keins», fuhr Lotte unbeirrt fort. «Nicht bei uns. Deshalb gehen wir jetzt immer zu dem vom Opa und tun so, als ruht unser Papa auch mit drin.» Sie legte ihren Kopf leicht schief, schien intensiv nachzudenken. «Darf man das denn überhaupt: zwei Tote in einem Grab?»

«Vorstellen darf man sich alles, Lotte», sagte Friedrich. «Die Gedanken sind nämlich frei, das hat ein toller Dichter mal geschrieben, und er hat recht gehabt. Mit den Toten, die man liebhat, kann man übrigens überall reden. Musst du einfach ausprobieren. Ist gar nicht schwer.»

«Woher weißt du das, Fritz?», wollte sie wissen.

«Weil ich das manchmal auch mache. Mit meinem Vater und mit meiner Frau. Wenn sie mir ganz besonders fehlen. Meistens geht es mir anschließend besser.» Er räusperte sich, zog seinen Geldbeutel hervor. «Ich muss dann langsam wieder ...»

«Aber das ist ja viel zu viel!» Lottes Mutter starrte auf die Lebensmittelmarken und den bräunlichen Fünf-Mark-Schein, den er auf die Theke gelegt hatte.

«Schon in Ordnung.» Friedrich lächelte. «Ist doch schließlich bald Weihnachten!»

6

Berlin, 22. Dezember 1946

Vierter Adventssonntag, sechs Uhr morgens, eine eisige, leere Welt. Kaum jemand unterwegs. Auf dem Weg nach Spandau begegneten ihnen lediglich ein paar Militärlastwagen sowie ein einziger weiterer Jeep. In diversen Radiobeiträgen hatte man den Berlinern empfohlen, länger zu schlafen, um Heizmaterial zu sparen, aber wie konnten sie das, wenn es in manchen Wohnungen so eisig war, dass die Menschen darin erfroren?

Die Angst vor dem «weißen Tod» ging um in der Stadt.

Wen würde er als Nächsten holen?

Auch die Thalheim-Schwestern waren dick vermummt unter die Bettdecke geschlüpft und hatten trotzdem lange nicht einschlafen können. Da schepperte der uralte Wecker natürlich viel zu früh, und Rike hatte Silvie regelrecht wachrütteln müssen, bevor die endlich ihre Augen aufmachte. Inzwischen waren sie wieder nur noch zu zweit im Zimmer. Den allmählich genesenden Erich hatte Claire auf die Küchencouch umgebettet, weil, wie er sagte, in der Küche immer etwas los sei und er so gern Gesellschaft beim Gesundwerden hatte. Flori war vorübergehend nach oben zu Miri in den dritten

Stock ausquartiert worden, was sie – fern der elterlichen Augen – sehr genoss.

Nach einer Katzenwäsche, die bereits am Hals endete, und dem hastigen Schlüpfen in möglichst viele weitere Kleiderschichten waren Silvie und Rike vor das Haus in der Bleibtreustraße getreten, wo Ben Green und sein Kamerad Will O'Brian sie bereits in einem Jeep der *Military Police* erwarteten.

«Menno, ist das früh!» Silvie gähnte herzhaft, nachdem sie eingestiegen waren. «Und hundsgemein kalt ist es auch schon wieder! Brr – meine armen Knochen wollen gar nicht mehr richtig warm werden …»

«Je früher unser Überfall, desto wirkungsvoller ist er», erwiderte Ben, der in Militärmantel und dickem Schal am Steuer saß. «Ich kann es kaum erwarten, diese elenden Nazis aus den Federn zu scheuchen!»

«*We will bully them*», ergänzte Will neben ihm. «So wie sie mit dieser kleinen *boy!* Sorry, mein Deutsch *is not perfect …*»

«Für einen Iren ganz schön gut», versicherte Rike, die neben Silvie auf der Rückbank bibberte. «Ja, lasst uns denen einen ordentlichen Schreck einjagen. Nichts anderes haben sie verdient.»

Miri hatte nicht mitkommen wollen. «Mein Bedarf an Nazis ist gedeckt», hatte sie gesagt. «Macht ihr das mal schön ohne mich!»

«Ich hoffe, es klappt rechtzeitig mit der neuen Wohnung für Familie Bednarz», sagte Ben besorgt. «Die alten Mieter hocken nämlich noch immer drin. Wegen der schwierigen Energielage fallen jede Menge Züge nach

Westdeutschland aus. Dabei wollen die Leute doch gerade an Weihnachten zu ihren Angehörigen! Aber Erichs Mama liegt ja noch in der Klinik …»

«Allerdings nicht mehr lange», erwiderte Rike. «Und was dann? Noch eine weitere Person passt wirklich nicht mehr in unsere Wohnung!»

«Das packen wir schon», kam von Silvie. «Aber einen Hunger habe ich vielleicht, so ganz ohne Frühstück! Ich könnte ein halbes Pferd verdrücken. Nicht dass in diesen Zeiten viel auf den Teller käme. Wie heißt es so schön? *Deutschland, Deutschland ohne alles, ohne Butter, ohne Speck. Und das bisschen Marmelade frisst uns die Besatzung weg.*»

«Nicht ohne Grund.» Ben klang plötzlich streng. «Hat sich Deutschland selbst zuzuschreiben! Außerdem ist das gar nicht wahr. Auch in Great Britain ist die Ernährungslage alles andere als üppig, das kann ich dir verraten!»

«Ich hab doch nur gescherzt», versuchte Silvie einzulenken. «Ich weiß, dass wir die Niederlage verdient haben. Aber hungrig bin ich trotzdem!»

«Well, I can offer you a Corned Beef Sandwich», sagte Will. *«If you like …»*

Sie ließ ihn nicht ausreden, sondern streckte schon die Hand nach vorn.

«Thank you! And one more für my sister …»

Er reichte die belegten Brote nach hinten.

«Wie kannst du jetzt nur an Essen denken? Ich kriege keinen Bissen runter», sagte Rike. «Siehst du denn nicht, was da draußen gerade an uns vorbeirauscht? Das schöne Westend, wo unser Elternhaus steht, in dem wir so glücklich waren …»

«Und wir werden auch wieder glücklich sein, Rikelein!» Silvie legte kauend einen Arm um sie. «Wir müssen nur durchhalten. Das sage ich mir jeden Tag. Irgendwann wird alles wieder besser. Aber dazu brauchen wir Kraft. Komm schon, nur ein paar Bissen! Tut wirklich gut …»

Rike ließ sich überreden und biss in das zweite Sandwich.

«Unsere Rollen sind klar?», vergewisserte sich Ben noch einmal. «Wir sind die Rotmützen der britischen Militärpolizei, denen Unerhörtes zu Ohren gekommen ist, und ihr beide …»

«Ich habe das Kind im Schnee gefunden und bin deswegen noch immer ganz außer mir. Deshalb habe ich mich ja auch an euch gewandt. Rike ist die gestrenge Dame von der Fürsorge, die ihr benachrichtigt habt, um für Recht und Ordnung zu sorgen …»

Silvie war überglücklich, dass ihr Freund sich bereitgefunden hatte, ihnen zu helfen. Allerdings nicht sofort. Erst Miris Flehen hatte Ben schließlich zum Handeln veranlasst.

«Okay.» Gerade klang er zufrieden. «Aber bitte nicht zu viel plappern, Silvie. Lass lieber mich reden. Sie sollen ruhig merken, wer nun in Deutschland das Sagen hat – Leute wie sie nämlich garantiert nicht mehr! *To treat a little boy like that …*» Er schüttelte den Kopf. «Ich hasse diese Nazi-*Bastards* von ganzem Herzen!»

Plötzlich musste er scharf bremsen, weil er in seiner

Erregung zu stark aufs Gas getreten war, und für einen Moment geriet das schwere Gefährt auf der spiegelglatten Fahrbahn gefährlich ins Schlittern.

«He, hast du etwa vor, uns umzubringen?», rief Silvie, als Ben den Wagen wieder unter Kontrolle hatte. «Dann warte wenigstens damit, bis wir Erichs Peinigern ihren verdienten Denkzettel verpasst haben!»

Keiner außer ihr lachte.

Ben konzentrierte sich von nun an ganz auf die Straße. «Wir sind gleich da», sagte er nach einer Weile. «Das ist schon die Carl-Schurz-Straße. Ein echter Spandauer bleibt eben ein Spandauer, egal, wohin es ihn auch verschlägt! Hier kenne ich noch immer jede Ecke.»

«Hausnummer 31, hat Miri gesagt», kam von Rike. «Erster Stock. *Heitmann*. Und wenn sie nicht aufmachen?»

«Werden sie», knurrte Ben. «Darauf kannst du dich verlassen!»

Er parkte den Jeep, und die vier näherten sich dem Wohnhaus. Es war ein stattlicher grauer Jugendstilbau mit pilastergeschmückten Fenstern und einigen gemauerten Balkonen, von denen der großzügigste die Beletage schmückte. In der Dunkelheit waren keinerlei Bombenschäden zu erkennen, während beim Nebenhaus die zwei obersten Stockwerke wie abrasiert wirkten. Im Erdgeschoss war ein Ladengeschäft untergebracht: *Uhren & Reparaturen aller Art*, versprach der Schriftzug.

Will leuchtete mit seiner Taschenlampe auf das Klingelschild. «*There is no* Bednarz *at all*», sagte er. «*Only* Heitmann.»

«Glob ick sofort», berlinerte Silvie spontan. «Das ist alles ganz genau so, wie Erich es unserer Flori erzählt hat. Die wollten in ihrem piekfeinen Domizil partout keine Flüchtlinge haben! Da hätte Miri sich auf der Suche nach dem Jungen ja ordentlich die Finger wundläuten können …»

Ben drückte auf die Klingel, ein Mal, zwei Mal, drei Mal.

Nichts passierte.

«Tiefschlaf? Oder die stellen sich tot», murmelte Rike. «Vielleicht rechnen sie ja mit unwillkommenem Besuch und sind bereits in Deckung gegangen.»

«Und wenn schon! Ich bin drei Straßen weiter aufgewachsen und weiß, wie man in Spandauer Häuser hineinkommt!» Ben nahm Anlauf und rammte seine Schulter gegen das Holz – die Tür sprang auf. «Nummer eins erledigt», sagte er befriedigt. «Und jetzt weiter zu Nummer zwei und drei!»

Ein nobles Treppenhaus mit hellgrünem Läufer und dunklen Holzstiegen empfing sie, alles bestens in Schuss. Vor der Wohnung im ersten Stock blieben sie stehen.

Ben läutete.

Abermals keine Reaktion.

Plötzlich schien er regelrecht zu explodieren, klingelte Sturm und hämmerte dabei mit der Faust wie wild gegen die Tür.

«Hier ist die *Royal Military Police*», schrie er dabei. «Öffnen Sie sofort – oder wir verschaffen uns selbst Zutritt!»

Plötzlich ging die Tür auf.

«Haben Sie den Verstand verloren? Sie schreien ja das ganze Haus zusammen!» Die Frau, die auf der Schwelle erschien, trug einen dunkelroten Steppmorgenmantel, der Silvies Hals sofort eng werden ließ – und ihre Wut vergrößerte. Er stammte aus der Kollektion des *Modekaufhauses Thalheim*, das sah sie auf den ersten Blick. Ihre Mutter hatte das gleiche Modell besessen. Dieses Weib war also auch noch Kundin bei ihnen gewesen! «Es ist stockdunkel – und Sonntag dazu», maulte die Frau weinerlich. «Was sollen denn die Nachbarn denken?»

«Captain Green von der *Royal Military Police.*» Ben tippte kurz an seine rote Mütze, ohne auf ihr Gejammer einzugehen. «Bei Ihnen wohnt Familie Bednarz aus Breslau?»

Die Frau zögerte.

«Ja», räumte sie schließlich ein. «Die hat man bei uns einquartiert. Ohne mich zu fragen!»

«Wir möchten zu dem Jungen. Zu Erich Bednarz.» Sein Tonfall war streng formell. «Lassen Sie uns rein!»

«Hat er etwas ausgefressen? Würde mich nicht wundern! Aber wieso so früh?», versuchte die Heitmann Zeit zu schinden.

Hinter ihr war noch eine schwammige zweite Gestalt aufgetaucht, das musste der Sohn sein, jener Winfried, der Erich die Prügelstrafe angedroht hatte. Er war ein Klotz, die Mutter dagegen schlank und groß, hatte kinnlanges blondes Haar, leicht gewellt, das gerade den Kampf gegen das Grau verlor, wie die Deckenlampe offenbarte, und ein schmales, gutproportioniertes Gesicht.

Gertraud Heitmann hätte hübsch sein können, vielleicht sogar schön, wären da nicht der scharfe Zug um den Mund gewesen und die Kälte ihrer hellen Augen.

«Tun Sie einfach, was wir sagen», setzte Ben nach. «Sie führen uns jetzt zu dem Jungen!»

«Sie sind aber kein Brite, oder?» Gertraud Heitmann trat widerwillig zur Seite. Jetzt standen Ben, Will, Rike und Silvie im Flur. «Sie hören sich ja an wie einer von hier.»

«Bin mit Freuden Brite geworden, nachdem die Nationalsozialisten meine Familie ermordet haben», sagte Ben. «Also – wird's bald?»

«Das können wir nicht», keifte nun der Sohn. «Die kleine Ratte ist nämlich getürmt. War ihm wohl nicht gut genug bei uns. Diese Wasserpolacken können den Hals ja nicht voll kriegen!»

Ben holte seinen Revolver aus dem Halfter, Will tat es ihm nach.

«Wir wollen Erichs Zimmer sehen – und zwar sofort!», schnauzte er zurück, seine Stimme wie blankes Eis. «Das ist ein Befehl. Oder müssen wir von der Dienstwaffe Gebrauch machen ...»

«Schon gut, schon gut!» Gertraud Heitmann hob beschwichtigend die Hände. «Kommen Sie ruhig weiter. Wir sind anständige Leute und haben nichts zu verbergen. Viel zu sehen gibt es allerdings nicht mehr. Wir haben nämlich ...», sie räusperte sich, «gerade ein wenig umgeräumt ...»

Der Flur war erstaunlich warm angesichts der Witterungsverhältnisse. Eine halb offen stehende Tür offenbarte den Blick auf ein luxuriös eingerichtetes Schlafzimmer, eine weitere auf einen großen Wohnraum, ebenfalls üppig möbliert. Familie Heitmann fehlte es offensichtlich an nichts, nicht einmal an ausreichend Kohlen. Dagegen herrschten in dem schmalen Raum, den sie nun betraten, fast arktische Temperaturen. Zwei wacklige Betten, ein Schrank, ein Tisch mit Waschschüssel, zwei Hocker, eine nackte Glühbirne, die eingeschaltet wurde und das karge Elend offenbarte.

Mehr war nicht vorhanden. Nicht einmal ein Vorhang, dafür reichlich Eisblumen an der Scheibe, die den Blick nach draußen verwehrten.

«Das Fenster ist nicht ganz dicht», brabbelte Heitmann junior. «Deshalb ist es hier auch immer ein bisschen frisch. Aber es gibt ja diesen Ofen, falls er läuft …»

«Halt den Mund, Winfried!», wies seine Mutter ihn zurecht.

«… und ganz ohne Kohlen läuft er eher nicht, oder?» Jetzt übernahm Silvie. «Wir haben den kleinen Erich vor unserem Laden im Schnee gefunden, kurz vor dem Erfrieren. Er ist aus Verzweiflung weggelaufen, bis nach Charlottenburg, nachdem Sie seine Kohlenration konfisziert haben. Wissen Sie, was Ihnen geblüht hätte, wäre das Kind tatsächlich erfroren? Viele Jahre Gefängnis, da sind die Briten nämlich gnadenlos!»

«Sie hat recht», sagte Will. «*Children* mussen beschützt werden – *anywhere*!»

«Deshalb gibt es ja Institutionen wie die Fürsorge», schaltete sich nun Rike ein. «Sie hätten sofort Bescheid geben müssen, als Erichs Mutter in die Klinik eingeliefert wurde. Anständiger allerdings wäre es gewesen, sich des Kindes anzunehmen.»

Die Mundwinkel der Heitmann gingen noch mehr nach unten.

«Wie soll sich ein Achtjähriger allein bei dieser Kälte durchschlagen – ohne Heizung, ohne Essen, können Sie mir das verraten?» Rikes Predigt war noch nicht zu Ende. «Denn von der Geschichte mit den Lebensmittelmarken hat der Junge uns natürlich auch berichtet. Wollten Sie ihn verhungern lassen?»

«Natürlich nicht! Das alles ist ein einziges Missverständnis», versuchte sich Gertraud Heitmann zu wehren. «Erich war bockig und frech, und da habe ich …»

Rike kam jetzt richtig in Fahrt. «Ich kann Ihnen an dieser Stelle nicht alle Paragraphen aufzählen, gegen die Sie mit Ihrem unentschuldbaren Verhalten verstoßen haben – aber das wird ein Nachspiel haben, Frau Heitmann, und zwar ein saftiges. Machen Sie sich darauf schon mal gefasst!»

«Aber er ist doch ein wildfremdes Kind, nicht einmal aus Berlin, sondern aus Schlesien, diese …» Angewidert spie die Heitmann ihnen die Worte entgegen.

«Wasserpolacken, das wollten Sie doch sagen, nicht wahr? Und deshalb sind diese Menschen wohl weniger wert», sagte Silvie eisig. «Haben Sie sich zufällig auch noch seinen Ariernachweis vorlegen lassen, um ganz sicherzugehen, ja kein unwertes Blut in Ihren heiligen vier Wänden zu beherbergen?»

«Das müssen wir uns nicht gefallen lassen», brauste nun Winfried auf. Er mochte sechzehn sein, vielleicht auch jünger. Das fleischige Gesicht und der gedrungene Körperbau ließen ihn seltsam alterslos erscheinen. «Nicht von solchen wie Ihnen! Mein Vater war schließlich ein hoher Beamter unter Goebbels …»

«Winfried!», keifte seine Mutter. «Sei doch endlich still!»

«Doch, das müssen Sie sich gefallen lassen», sagte Ben genüsslich. «Denn das mit der Nazi-Vergangenheit Ihres Vaters ist uns natürlich bestens bekannt, dafür haben wir ihn ja schließlich eingebuchtet.» Er begann zu grinsen. «Könnte dauern, bis Sie sich wiedersehen – falls überhaupt. An Ihrer Stelle würde ich lieber nicht allzu fest darauf bauen. Manche dieser Nazi-Verbrecher ertragen ja bereits die Untersuchungshaft denkbar schlecht und scheiden noch vor Beginn des Regelvollzugs lieber freiwillig aus dem Leben …»

Gertraud Heitmann war kalkweiß geworden.

«Sie wollen meinen Mann – umbringen?», krächzte sie.

«Auf die großen Verbrecher wartet der Strick», erwiderte Ben ungerührt. «Diejenigen, die sich weniger zuschulden kommen ließen, werden in der Regel zu höheren Haftstrafen verurteilt. Es wird in jedem Fall gerecht zugehen, darauf können Sie sich verlassen, denn unsere britischen Richter sind ebenso erfahren wie unbestechlich. Aber wir sind vom Thema abgekommen. Wo waren wir stehengeblieben? Richtig, es ging darum, was Sie sich gefallen lassen müssen.»

«Und ich? Ich meine, was soll ich denn tun, wenn mein Mann von Ihnen …», stammelte sie.

«Sie packen jetzt in Blitzeseile die Sachen von Frau Bednarz zusammen», herrschte Ben sie an. «Die nehmen wir nämlich mit. Ebenso wie die von Erich. *Alles!*» Danach wandte er sich an Winfried. «Und du schmeißt dich auf der Stelle in dein Winterzeug. In einer halben Stunde trittst du zum Schneeräumkommando in der Breiten Straße an – und das ab morgen stets um Punkt sechs –, Feiertage eingeschlossen. Verstanden? Sonst lassen wir dich von zwei unserer Kameraden abholen …»

Winfried, plötzlich ganz handzahm, ging aus dem Zimmer, seine Mutter öffnete den Schrank.

«Der ist ja leer», sagte Silvie perplex.

«Wir haben … ich meine … Die Sachen sind schon zusammengeräumt.» Auf einmal schien Gertraud Heitmann ihr herzloses Verhalten peinlich zu sein. Sie ging ebenfalls hinaus und kam mit zwei kleinen Kartons zurück.

«Das ist alles?» Rike runzelte die Stirn. «Erich hat gesagt, sie seien mit zwei *Koffern* nach Berlin gekommen.»

«Ach, die – ja. Die hätte ich jetzt fast vergessen.» Sichtlich verlegen kehrte sie mit zwei Koffern aus hellem Schweinsleder zurück, abgestoßen und mit einigen Schrammen, aber ansonsten in Ordnung.

«Einräumen!», befahl Ben.

Warme Kindersachen wanderten in den ersten Koffer, wenngleich nicht viele. Die Frauenkleider für den größeren Koffer waren oft getragen und ein wenig altmodisch, aber geschmackvoll. Gundel Bednarz hatte Stil, das erkannten Rike und Silvie sofort.

«Das wäre dann alles.» Die Heitmann reckte sich.

«Noch nicht ganz», sagte Silvie. «Da muss noch eine Puppe sein. Die kommt auch mit.»

«Das dreckige alte Ding?» Gertraud Heitmann ging noch einmal hinaus. Dieses Mal dauerte es eine geraume Weile, bis sie mit der Puppe zurückkehrte.

Sie überreichte sie Rike mit spitzen Fingern. «Bitte sehr. Bei uns kommt nichts weg!»

«Da Sie offenbar Probleme haben, gewisse Gegenstände in Ihrer weitläufigen Wohnung wiederzufinden, werden wir Ihnen diesbezüglich ein wenig unter die Arme greifen.» Ben verzog keine Miene. «Heute Nachmittag zieht Familie Kaczmarek hier ein. Wird richtig lebendig bei Ihnen werden! Eine Mutter, vier muntere Kinder, allesamt Flüchtlinge aus Gleiwitz. Hiermit sind drei Zimmer Ihrer Wohnung für die Kaczmareks beschlagnahmt, Küchen- wie Badezimmerbenutzung selbstredend eingeschlossen. Der Rest bleibt für Sie und Ihren Sohn. Und kommen Sie bloß nicht wieder auf die Idee, der Familie irgendetwas wegzunehmen. Wir behalten Sie im Blick!»

Die hellen Augen der Heitmann weiteten sich. «Aber das bedeutet ja nur noch ein einziges Zimmer für mich! Und Winfried …»

«… wird sich hier in der frischen Kühle sicherlich sehr wohlfühlen! *Let's go!*»

Sie ließen Mutter und Sohn stehen und waren schon im Flur angelangt, als Gertraud Heitmann ihnen nachrief.

«Wo steckt der kleine Schlingel denn jetzt eigentlich? Im Waisenhaus?»

«Mitnichten!» Silvie drehte sich mit breitem Lächeln

um. «Im wohlig warmen Schoß von Familie Thalheim! Uns gehört das berühmte Modehaus am Ku'damm, aus dem Ihr gemütlicher Morgenmantel stammt.»

«Aber das ist doch abgebrannt, nicht wahr?», sagte Gertraud Heitmann gehässig. «Bis auf die Grundmauern, wenn ich mich nicht irre.»

«Ist es», sagte Silvie. «Leider! Aber das *Modekaufhaus Thalheim* wird wiederauferstehen wie Phönix aus der Asche, verlassen Sie sich darauf!»

«Gut gebrüllt, Silvie», sagte Rike anerkennend, als sie alle wieder zusammen im Jeep saßen. Dass die Schwester so unbedingt an den Wiederaufbau glaubte, machte auch ihr Mut. Bislang hatte Silvie sich eher verhalten zu diesem Thema geäußert. «Dein letzter Hieb gegen die Heitmann hat gesessen!»

«*We were all great*», sagte Will. «Am meisten jedoch Ben.»

«War mir eine ganz besondere Freude.» Er grinste. «Wie dumm sie geglotzt hat, als ich die Kaczmareks ins Spiel gebracht habe! Vier Jungs zwischen fünf und dreizehn – da dürfte in der Wohnung Heitmann ordentlich die Post abgehen.» Er drehte sich kurz nach hinten um. «Und wohin nun, *ladies*? Zurück nach Hause?»

«Noch nicht», sagte Rike «Ich muss noch kurz zur St. Marienkirche. Dürfte nicht weit von hier liegen …»

«Zum Beten?», wollte Ben wissen. «Ich wusste gar nicht, dass du so fromm bist!»

«Bin ich auch nicht. Und katholisch erst recht nicht. Nein, ich will den Pfarrer sprechen. Habe ich Claire und Miri versprochen.»

«Die Kirche kenne ich.» Ben war losgefahren. «Die liegt nahe beim Juliusturm der alten Spandauer Zitadelle. Dort haben wir als Kinder oft Ritter gespielt. Ich wollte ja lange Zeit Ivanhoe werden, wenn ich einmal groß sein würde, bis unser Deutschlehrer mir in der Sexta diesen Zahn gründlich gezogen hat. ‹Du hättest niemals ein Ritter werden können, Grünwald›, hat er mich vor der ganzen Klasse ausgelacht. ‹Doch kein Judenbengel wie du!›»

«Ich hoffe, dass dieser Kerl inzwischen in der Hölle schmort», rief Silvie. «Zusammen mit all den anderen braunen Verbrechern. Wie hältst du das in Deutschland eigentlich aus, Ben? Dir muss doch ständig die Galle hochkochen!»

«Tut sie auch. Manchmal will ich einfach nur noch weg. Zurück nach London oder sonst wohin ...» Er verstummte.

Kein Wort davon, dass er Silvie mitnehmen würde, das fiel Rike auf. Offenbar stimmte, was die Schwester ihr im Club anvertraut hatte, und das Feuer der ersten Verliebtheit war auf beiden Seiten erloschen. Womöglich war bereits ein neuer Stern am Liebeshimmel aufgetaucht? Bei Silvie war mit allem zu rechnen.

Es ging sie eigentlich nichts an, solange Silvies Beziehungskapriolen keine Unruhe in die Familie brachten. Ihre jüngere Schwester war volljährig und somit für sich selbst verantwortlich.

Bring lieber deine eigenen Herzensdinge in Ordnung, rief Rike sich zur Ordnung. Du verzehrst dich nach Stefanos Briefen aus Mailand und bist dann jedes Mal nach der Lektüre enttäuscht, was nicht allein an mangelnden Sprachkenntnissen liegt.

Stefano arbeitete als Anwalt in der Kanzlei seines Vaters und verfügte über ein Telefon; das der Thalheims war wie fast all ihre Besitztümer in der Villa am Branitzer Platz zurückgeblieben.

Gemeinsam feiern? Unmöglich!

Natürlich würde Stefano das Fest ganz traditionell im Kreis seiner Familie verbringen, ebenso wie Rike.

Hunderte von Kilometern trennten sie, drei Grenzen und zwei Sprachen. Doch selbst wenn alles einfacher gewesen wäre – hatten sie sich wirklich viel zu sagen?

Und dann gab es da auch noch die lebendigen Erinnerungen an einen anderen jungen Italiener – jenen Alessandro, der ihr in Zürich begegnet war. In Rikes Träumen verschmolzen seine Züge manchmal mit Stefanos, was sie beim Erwachen verwirrt und noch sehnsuchtsvoller zurückließ …

Mein Leben rinnt mir durch die Finger, dachte Rike. Ebenso wie die Liebe. Bald werde ich das sein, was man ein «spätes Mädchen» nennt.

Ein jäher Anfall von Selbstmitleid? Oder war es das nahende Weihnachtsfest, das sie auf einmal so melancholisch stimmte?

«Wir sind da.» Bens Stimme holte sie aus ihren Gedanken. «Na, diese Kirche hat im Krieg aber ordentlich was abbekommen!»

Der Turm war gut um die Hälfte gestutzt, der Seitenflügel eingestürzt, wie die einsetzende Morgendämmerung offenbarte. Nur das Haupthaus sah noch einigermaßen stabil aus.

«Wartet bitte», sagte Rike. «Bin gleich wieder da.»

Schon beim Aussteigen überfielen sie Zweifel. War sie nicht viel zu früh dran? Sie musste es trotzdem versuchen. Erich hatte erzählt, dass Pfarrer Matysek quasi in seiner Kirche wohne.

Und sie hatte Glück.

Die Kirche war leer und dunkel. Doch am Altar brannte eine große Kerze, und ein dünner Mann in einem schwarzen Mantel arrangierte gerade eine geschnitzte Krippe auf einem kleinen Tisch daneben.

«Hochwürden?», sagte sie. «Darf ich Sie kurz stören?»

Sagte man das überhaupt? Im Katholischen hatte Rike so wenig Erfahrung.

«Sie wünschen, Fräulein …?» Sein Blick war freundlich und fest.

«Thalheim. Rike Thalheim. Ich soll Sie ganz herzlich vom kleinen Erich Bednarz grüßen, das war ihm ein großes Anliegen. Er ist jetzt bei uns in Charlottenburg untergeschlüpft, seine Mutter Gundel erholt sich von einer Gallen-OP im Franziskus-Krankenhaus.»

Pfarrer Matysek begann erleichtert zu lächeln. «Familie Bednarz – da fällt mir jetzt aber ein Felsbrocken vom Herzen! Ich hab die beiden schon schmerzlich vermisst und hatte Angst, ihnen sei womöglich etwas Schlimmes zugestoßen …»

«Hätte durchaus dumm ausgehen können», sagte

Rike. «Der Kleine war am Savignyplatz vor unserem Laden eingeschlafen. Gefährlich in diesen eisigen Winternächten! Aber meine Schwester und ich haben ihn zum Glück gerade noch rechtzeitig entdeckt und mit zu uns nach Hause genommen. Da bleibt er jetzt bis zur Entlassung seiner Mama.»

«Gut, gut!» Er rieb seine Hände, denn auch hier in der Kirche war es frostig kalt. «Wann ist denn wieder mit den beiden in Spandau zu rechnen?»

«Gar nicht mehr.»

Matyseks Brauen hoben sich fragend.

«In die verhasste Wohnung Heitmann müssen sie nicht zurück. Sie bekommen eine neue Bleibe in Wilmersdorf, bei einer wesentlich netteren Vermieterin.»

«Haben Sie den zweiten dicken Brocken gehört, der gerade gepurzelt ist? Ich weiß, wie schwer die beiden es dort hatten. Besonders der Junge hat unendlich gelitten, aber es gab ja keine Alternative.» Er strahlte über das ganze Gesicht. «Das ist Mutter und Sohn so sehr zu gönnen, nach allem, was sie auf der Flucht durchmachen mussten. Ein richtiges kleines Weihnachtswunder!»

«Die beiden kommen Sie sicherlich besuchen, wenn Sie wieder auf dem Damm sind. Sie bedeuten ihnen nämlich sehr viel», sagte Rike. «Erich schwärmt richtiggehend von Ihnen!»

«Ich hab sie auch ins Herz geschlossen. Richten Sie Frau Bednarz und dem Kleinen aus, dass ich für sie bete. Und geben Sie Erich das hier!» Er nahm zwei der geschnitzten Figuren vom Tisch und reichte sie Rike.

«Ist das Ihr Ernst? Eine Krippe ohne Ochs und Esel?», fragte sie. «Geht das denn?»

«Esel und Ochsen in Menschengestalt laufen doch mehr als genug herum, meinen Sie nicht?» Jetzt grinste der Pfarrer wie ein frecher Lausejunge. «Notfalls stellen wir eben ein paar von denen hinter dem Stall auf. Erich haben diese zwei Tierfiguren immer ganz besonders gefallen. Jetzt sollen sie mein Geschenk an ihn sein!»

«Er wird sich sicherlich freuen», sagte Rike. «Danke für Ihre Großzügigkeit – und frohes Fest!»

«Warten Sie, Fräulein Thalheim! Ich möchte Sie gern segnen – falls Sie nichts dagegen haben. Sie haben einem schutzlosen Kind Obdach gewährt. Das ist mehr, als Jesus damals in Bethlehem zuteilwurde.»

«Aber ich bin nicht katholisch. Ehrlich gesagt nicht einmal sonderlich fromm …»

«Das ist dem Segen egal. Darf ich also?»

Sie nickte.

«Der Herr segne dich und behüte dich, der Herr lasse sein Angesicht leuchten über dir und sei dir gnädig. Der Herr hebe sein Angesicht über dich und gebe dir Frieden.»

Matyseks Stimme war weich und freundlich.

Und als Rike mit den kleinen Holzfiguren auf dem Schoß wieder im Jeep saß und von Ben nach Hause gefahren wurde, fühlte sie sich auf wunderbare Weise getröstet und beschützt.

7

Berlin, 23. Dezember 1946

Nur noch ein Tag bis Heiligabend – und die Familie Thalheim hatte sich damit abgefunden, dieses Jahr ohne Weihnachtsbaum zu feiern. Alle bis auf Flori. Natürlich war sie es wieder, die das leidige Thema anschnitt, gleich morgens beim kargen Frühstück, als sie alle zusammen in der Küche saßen. Friedrich hatte über einen der Potsdamer Stoffweber, mit dem er noch immer in Kontakt war, ein anständiges Stück Käse ergattern können. Doch das war von Claire eisern für die anstehenden Feiertage konfisziert worden, ebenso wie eine mikroskopisch kleine Menge an Bohnenkaffee, die sie nicht minder streng verwaltete. Also gab es zum Malventee nur wieder Rübenkraut und Kunsthonig aufs Brot.

«Weihnachten ohne Baum, das ist doch wie Eislaufen ohne Schlittschuhe oder wie Schwimmen ohne Wasser», kommentierte die Jüngste der Familie.

«Oder wie ein Flug ohne Flügel», steuerte Erich neunmalklug bei, der bereits drei Brote vertilgt hatte und wirkte, als könne er auch ein viertes vertragen. Heute Morgen hatte seine Stirn sich endlich wieder kühl angefühlt, wenngleich er noch immer heftig am Schniefen war. «Bei uns daheim war der Christbaum immer silbern.

Mit Strohsternen, Zuckerzeug und ganz viel Lametta geschmückt, das Mama dann an Dreikönig vorsichtig abgenommen und gebügelt hat, damit es für das nächste Jahr wieder glatt ist.»

«Schön, dass du wenigstens deine Erinnerungen hast», erwiderte Friedrich. «Aber wir haben den Krieg verloren, Junge! Und das lassen sie uns spüren. In diesem Jahr gibt es weder Zuckerzeug noch Lametta. Und schon gar keinen Baum.»

Die Begegnung mit Brahm saß ihm noch immer in den Knochen. Jedes Mal, wenn er seine Große ansah, musste er wieder daran denken. Er war froh, dass er Brahm Paroli geboten hatte. Seine Rike an diesen miesen Drogenhändler verschachern – niemals im Leben!

«Wir brauchen aber unbedingt einen Baum», beharrte Flori. «Ohne den ist es doch kein richtiges Weihnachten. Sogar letztes Jahr hatten wir einen, auch wenn der windschief war und winzig.» Sie wandte sich an Silvie. «Kannst du nicht Ben fragen, ob der uns helfen kann? Die Briten haben doch alles!»

«Ben ist Jude und macht sich herzlich wenig aus Weihnachten», erwiderte Silvie. «Außerdem hat er uns schon gestern sehr geholfen. Ich will ihn nicht ständig anbetteln!»

«Aber er ist doch dein Freund, und seinen Freund kann man immer …»

«Flori!», sagte Silvie scharf. «Lass es gut sein – bitte! Für manche Dinge bist du einfach noch zu jung. Glaub mir das. Auch wenn es partout nicht in deinen Dickschädel will.»

Flori zog einen Flunsch und schwieg, während Erich erst richtig in Fahrt zu kommen schien.

«Auf das Essen freue ich mich», sagte er mit glänzenden Augen. «Mama hat daheim in Breslau immer zwei Tage gekocht, bis alles fertig war. Neun Dinge gehören Weihnachten auf den Tisch, aus Luft, Erde und Wasser: Grünkohl, Wurst, Sauerkraut, *Blaue Husaren*, Karpfen, gebackene Bohnen und Pilze, Hirse und Semmelmilch.»

«Und das habt ihr alles an einem einzigen Abend verputzt?» Silvie schüttelte ungläubig den Kopf. «Davon könnte heutzutage ja eine Familie eine ganze Woche lang satt werden! Und was zum Teufel sind ‹Blaue Husaren›?»

«Mohnklöße», erklärte Erich. «Dick und weich. Die mag ich am allerliebsten! Und das mit dem Verputzen ist gar kein Problem: alles nacheinander, schön langsam, mit vielen Pausen. Zwischendurch geht man ja zur Mette, dann hat man wieder Platz im Bauch. Letztes Jahr gab es allerdings nur Hirse, Bohnen und Semmelmilch, aber Mama hat gesagt, jetzt, wo der Krieg vorbei ist, wird alles wieder wie früher …»

«Das wird wohl noch etwas dauern, *mon petit*», erwiderte Claire. «Für mich wäre das ohnehin nichts! Zwei Tage lang kochen – welch ein Albtraum! Bin schon froh, wenn ich euch morgen irgendetwas auf den Tisch bringen kann. Rotkraut und Äpfel haben wir, Kartoffeln dazu, alles mühselig seit Wochen in der Region bei Bauern zusammengehamstert, und wenn Carl heute wirklich die versprochenen Kaninchen abliefert …»

Flori warf ihrer Mutter einen zornigen Blick zu, und Claire verstummte.

«Kaninchen?», sagte Erich. «Toll! Wo sollen die denn hier wohnen? Zu Hause haben wir einen kleinen Stall. Mein Kaninchen heißt Schnuppi, aber mitnehmen durfte ich ihn nicht.» Seine Unterlippe begann bedenklich zu zittern. «Weiß ist er, mit einem kleinen schwarzen Fleck auf der Stirn. Und ganz schwarze Ohren hat er. Ob sie ihn auch gut füttern? Schnuppi mümmelt so gern Karotten!»

«Bestimmt», sagte Rike rasch, um das gefährliche Thema zu beenden. Der Junge hatte so viel mehr verloren als sein Kaninchen, das tat ihr leid. Am liebsten hätte sie ihm als kleinen Trost schon jetzt die geschnitzten Tierchen von Pfarrer Matysek zugesteckt. Doch das musste bis morgen warten. Zum Glück würden sie nicht Erichs einziges Geschenk sein. Miri saß gerade oben an der Nähmaschine und schneiderte aus dem Mantel von Gusti Eisenhardts gefallenem Mann einen für den Jungen, der ihm richtig passen würde. «Ich geh dann mal los», sagte Rike. «Wird sich allerdings nicht wirklich lohnen, den Laden heute aufzumachen, weil es jetzt auch noch heftig schneit. Aber vielleicht bekommt ja die eine oder andere Kundin angesichts des Flockentanzes doch noch Lust auf ein neues Kleid für die Feiertage!»

«Darf ich mit?», bettelte Erich. «Bitte!»

«Impossible!», erwiderte Claire. «Auf gar keinen Fall. Dafür bist du noch nicht gesund genug. Du wirst dich hier bei mir weiter erholen. Du willst doch morgen zu deiner Mama?»

Begeistertes Nicken.

«Dann musst du heute ganz vernünftig sein, versprochen? Sonst wird daraus nämlich nichts.»

«Versprochen!» Erich ließ sich in sein Kissen zurückfallen.

Als Rike aufstand, um ihren Mantel anzuziehen, folgte ihr Claire in den Flur.

«Wir müssen ihn dringend umbetten», sagte sie. «Sonst passiert heute noch eine Katastrophe.»

«Was meinst du damit?», fragte Rike.

«Na, wenn Carl irgendwann mit den gehäuteten Kaninchen ankommt – vorausgesetzt, er kriegt tatsächlich welche. Der Kleine bekommt doch den Schock seines Lebens! Womöglich glaubt er dann, wir hätten seinen Schnuppi heimlich massakriert …» Sie lächelte. «Ich mag diesen kleinen Wirrkopf, sehr sogar! In einem Moment ist er so mutig und forsch, im nächsten wieder ein *Bébé*. Ich spüre, dass ihm die Wurzeln fehlen. Heute früh, als ich in die Küche kam, war sein Gesicht ganz nass. Er hatte von seinem Vater geträumt und war voller Panik, ihn niemals wiederzusehen. Erst wollte er gar nicht mit der Sprache herausrücken, aber als ich mich dann kurz zu ihm gesetzt habe, brach doch alles aus ihm hervor. Erich vermisst seine Eltern, vor allem natürlich die Mama, aber auch den Papa. So leid hat er mir getan!»

Rike streichelte kurz Claires Arm. «Er hat großes Glück, dass er in dir eine so empfindsame Ersatzmama gefunden hat. Du hast ja recht! Die toten Kaninchen muss Erich wirklich nicht unbedingt sehen. Gut, dass du daran gedacht hast. Aber was sagen wir ihm denn?» Rike überlegte und zog dabei die Stirn kraus. Dann entspannte sich ihr Gesicht. «Mir ist da gerade was eingefallen …»

Sie ging zurück in die Küche. Claire folgte ihr.

«Nachdem das Christkind da war, muss die Tür zum Wohnzimmer ja immer geschlossen bleiben», sagte sie. Ob der Kleine überhaupt noch daran glaubte? Rike ließ es auf einen Versuch ankommen. «Richtig, Erich?»

Erich nickte. «Bis das Glöcklein bimmelt. Dann leuchten die Kerzen am Baum, und erst dann dürfen die Kinder rein …»

«Weil das Christkind dieses Jahr aber so viele Extrawege hat, um alle Menschen zu finden, die verstreut irgendwo wohnen», fuhr Rike fort, «muss es schon viel früher anfangen, sonst schafft es sein großes Pensum nämlich nicht. Ich hab da etwas läuten hören, bei uns käme es eventuell schon heute vorbei.»

«Das Christkind?» Erichs Ohren hatten sich vor Aufregung rot gefärbt, während Flori, die ihm gegenübersaß, sich ein Grinsen nur mühsam verkniff. Er glaubte noch daran, und es war rührend, ihm dabei zuzusehen.

«Genau jenes», bekräftigte Rike mit ernstem Gesicht. «Aber Kinder dürfen es ja, wie du weißt, nicht sehen, sonst fliegt es wieder weg – und zwar ohne seine Geschenke dazulassen. Wir haben im Moment ja leider kein Wohnzimmer, sondern lediglich eine Küche, um es zu empfangen. Und da liegst nun du. Was machen wir da jetzt nur?»

«Und wenn ihr mich zu Miri bringt?», schlug Erich vor. «Ich bin auch ganz leise.»

«Dort ist leider heute kein Platz für dich. Auf dem

Boden stapeln sich die Stoffballen, auf ihrem Bett ebenso, Miri ist mächtig am Arbeiten.» Die reinste Wahrheit, auch wenn Erich nicht wissen durfte, woran sie da gerade nähte.

«Raus kann ich nicht», sagte er bedauernd. «Ist ja viel zu kalt …»

«Bloß nicht», sagte Flori. «Da weiß ich was viel Besseres. Wir gehen ins Zimmer von Silvie und Rike und spielen ein paar Partien Rommé. Das geht auch zu zweit.»

«Kenne ich nicht», murmelte er verlegen. «Ich kann nur Mau-Mau.»

«Kein Problem, das bring ich dir im Handumdrehen bei. Ist nämlich babyleicht. Und wenn du es kannst, dann pokern wir anschließend.»

«Poker auch? Echt jetzt?» Erich strahlte. «Das wollte ich schon immer mal lernen!»

«Also nichts wie los.» Flori schaute zu Silvie. «Wenn ich dann bitten dürfte – das Kartenspiel!»

«Ausnahmsweise.» Silvie zog die Tischschublade auf und reichte es der kleinen Schwester. «Hätte ich heute auf der Schwarzen Börse sicherlich noch gegen etwas Essbares tauschen können. Aber heißt es an Weihnachten nicht so schön: ‹Ihr Kinderlein kommet›?»

Sie stand auf und hüllte sich in den leicht räudigen Nerz, der hinter ihr auf dem Stuhl hing.

«So willst du vor die Tür?», fragte Friedrich stirnrunzelnd, denn der tannengrüne Pullover unter dem Mantel hatte einen tiefen V-Ausschnitt. «Das kann nicht dein Ernst sein, Tochter!»

«Doch, Papa, doch! Ohne Fleisch nix los», erwiderte

Silvie gelassen. «Traurig, aber leider wahr. Wenn ich ab und zu etwas Haut blitzen lasse, muss ich für vieles nur den halben Preis zahlen. Aber keine Sorge. Sie dürfen nur gucken, nicht anfassen, da bin ich nämlich eigen.» Sie blickte in die Runde. «Also, her mit eurer Wunschliste. Ich höre!»

«Seife», sagte Claire. «Meine Haut schreit, wenn ich ihr mit diesem Kernseifenzeug zu nah komme. Allein schon der Geruch – als ob man ein schmutziger Küchenboden wäre!» Sie seufzte. «Aber ich weiß ja, es wird ein Traum bleiben!»

«Was Süßes für die Kinder, wenn es geht», kam von Rike.

«Ha, genau! Mohn für meine *Blauen Husaren*!», rief Erich. «Das wäre fein …»

«Und natürlich einen Weihnachtsbaum», ergänzte Flori. «Der ist am allerwichtigsten!»

Ob Ralf wirklich kommen würde?

Versprochen hatte er es Silvie, aber man konnte nie wissen, ob ihm nicht doch im letzten Moment etwas dazwischenkommen würde. Die Kinder, der Sender, eine wichtige Aufgabe in der neugegründeten SED, für die er Silvie gewinnen wollte, weil der Frauenanteil in der jungen Partei noch zu niedrig war – es gab so vieles, was er zu tun hatte. Stundenlang hätte sie ihm zuhören können, wenn er vom Kampf gegen den Kapitalismus und der Macht der Arbeiterklasse erzählte. Ja, das klang mutig, stark und revolutionär und sprach nicht nur Silvies Kopf an, sondern vor allem ihr heißes Herz.

Und wie gut er roch! Männlich, nach Druckerschwärze und manchmal auch ganz leicht nach Honig, weil Ralfs Vater in seinem Gärtchen ein paar Bienenvölker hatte. Silvie schloss die Augen und dachte an leidenschaftliche Zärtlichkeiten, bislang nur ein Traum, denn bis auf ein paar flüchtige Küsse war noch nichts zwischen ihnen passiert.

Was sich schleunigst ändern musste!

Silvester war der Termin, den Silvie dazu ins Auge gefasst hatte, und sie konnte kaum erwarten, bis es endlich so weit sein würde. Offiziell würde sie in Potsdam bei Onkel Carl übernachten, den sie allerdings beizeiten noch einweihen musste, in Wahrheit aber plante sie, die Nacht zum neuen Jahr in Ralfs Armen zu verbringen.

Und Ben?

Das schlechte Gewissen saß Silvie im Nacken, zumal er ihnen ja erst gestern so lieb geholfen hatte. Ihre Gefühle für ihn hatten sich trotzdem geändert.

Und seine?

Er kann und wird keine Deutsche heiraten, dachte Silvie. Nicht, solange er in der Army dient.

Und, wie es aussieht, auch danach nicht.

Was in der ersten Verliebtheit keine Rolle gespielt hatte, stand plötzlich zwischen ihnen: Ben, der in England eine neue Heimat gefunden hatte, die ihn seine jüdische Identität leben ließ, und sie, das deutsche Mädchen aus dem Land der Besiegten, an das er sich nicht noch enger binden wollte.

War das Grund genug, ihm untreu zu werden?

Für mich gelten eigene Regeln, dachte Silvie. Ich bin eben keine von denen, die hocken bleiben und warten, bis sie von einem Prinzen erlöst werden. Warum nicht aufstehen und selbst die Initiative ergreifen, wenn ein Mann mir gefällt? Außerdem bin ich grenzenlos neugierig. Ich muss einfach wissen, wie Ralf küsst, wie seine Haut sich an meiner anfühlt, wie es ist, neben ihm einzuschlafen und wieder aufzuwachen.

Wer liebt, hat immer recht, so lautet meine Devise …

Silvie sah sich in dem kleinen Café um. Es war provisorisch mit allereinfachsten Mitteln in einem ausgebombten Haus eingerichtet worden. Gemütlich war anders, und drinnen herrschten kaum höhere Temperaturen als draußen, aber was sollte man machen?

Irgendwo mussten sie sich ja sehen!

Als die Tür sich öffnete, begann Silvies Herz so schnell zu schlagen, als wollte es ihr aus der Brust hüpfen.

Wie gut er aussah – so markant und erwachsen! Dass er den anderen Frauen auch ins Auge fiel, mochte sie.

Meiner, dachte sie. Noch nicht ganz, aber bald.

«Schön, dass du da bist», sagte sie zur Begrüßung und hielt ihm die Wange hin.

«Muss gleich wieder los», sagte Ralf, nachdem er sie mit den Lippen sanft gestreift hatte, und setzte sich auf den Stuhl gegenüber. So war er immer in der Öffentlichkeit: verhalten, fast scheu. Seine Augen jedoch sagten etwas ganz anderes, und Silvie musste sich schwer in Acht nehmen, um nicht in ihrem warmen dunklen Feuer zu versinken. «War noch ganz kurz auf dem Weihnachtsmarkt beim Schloss», fuhr er fort, «um ein paar Kleinigkeiten für die Kinder zu besorgen. Viel gibt es dort ja nicht, aber zwei alte Blechspielzeuge konnte ich im Tausch gegen meine Heinrich-Heine-Gesamtausgabe doch ergattern.»

Die Erwähnung seiner Kinder dämpfte Silvies Begeisterung. Sie mochte Kinder, aber würden sie nicht stets zwischen ihnen stehen, lebendiger Beweis eines Lebens, das er bereits ohne sie geführt hatte?

«Was ist los, Silvie?», erkundigte sich Ralf. «Du schaust ja auf einmal so betrübt drein!»

«Nichts», murmelte sie. «Dieses Weihnachten geht mir irgendwie an die Nieren. Was schenkt man denn, wo es doch momentan so gut wie gar nichts gibt? Anständige Seife sollte ich heute für meine Stiefmutter besorgen, und was habe ich bekommen? Ein so winziges Stück, dass es kaum für einmal waschen reicht. Süßigkeiten für die Kinder? Zwei hauchdünne Täfelchen Schokolade, die sie in drei Minuten vertilgt haben. Der kleine Findling, den wir aufgenommen haben, wünscht sich Mohn. *Mohn!* Wo soll ich den jetzt bitte herkriegen? Dieses Jahr haben wir nicht einmal einen Baum. Meine kleine Schwester macht uns alle ganz kirre mit ihrem Wunsch!»

«Da kann ich leider auch nicht helfen. In ganz Potsdam gibt es keine Weihnachtsbäume. Aber nur Mut, Silvie. Es kommen auch wieder bessere Zeiten, mit Lichtern, Gänsebraten, Schokolade und Weihnachtsbäumen. Die Genossen und ich arbeiten gerade kräftig daran.»

Sein Blick glitt über ihren Pelz, den sie im ungeheizten Café wohlweislich anbehalten hatte.

«Wie siehst du heute überhaupt aus? Wie eine russische Großfürstin!»

«Großfürstin – dass ich nicht lache!», erwiderte Silvie schnippisch. «Der olle Pelz ist lediglich meine Arbeitskleidung für die *Schwarze Börse*, aber selbst dort war heute Ebbe. Und falls du mir jetzt Vorhaltungen machen willst, lieber Ralf, weil es ja offiziell verboten ist, dann bist du leider zu spät dran. Das hat mein Vater heute schon erledigt.»

Ralf stutzte, dann begann er schallend zu lachen. «Du bist einfach köstlich», sagte er und stellte ein kleines Glas vor ihr auf den Tisch. «Honig aus Papas Imkerei. So blond und so süß wie du. Fröhliches Fest, Silvie. Ich freue mich, wenn unsere Zeit beginnt!»

Es lief erstaunlich gut im Laden am Savignyplatz, als hätten sich die Charlottenburger Damen doch noch im letzten Augenblick auf Weihnachten besonnen. Rike hatte schon zwei Boleros, einen Rock, drei Blusen und ein Kleid verkauft, als plötzlich Brahm den Laden betrat.

Innerlich stellte Rike sofort die Stacheln auf, äußerlich gelang es ihr, ruhig zu bleiben.

«Hübsch warm hast du es hier.» Er rieb sich die Hände.

«Ich kann den ersten Sack heute bezahlen, die anderen beiden dann …»

«Behalt deine Kohle.» Brahm grinste. «Vergiss die Briketts. Ich hab noch mehr davon, und du sollst meinetwegen nicht frieren müssen. Könntest es sogar noch gemütlicher haben, wenn du nur wolltest. Das hab ich deinem Vater auch schon gesagt.»

An Rikes Gesicht las er ab, dass sie überrascht war. «Ach, du weißt gar nichts davon? Ich hab ihm ein spannendes Geschäft offeriert, als er mich besucht hat, aber er hat abgelehnt. Wird der gute Fritz noch bereuen. Du bist klüger als er, oder? Du lehnst nicht ab.»

Er packte ihre Hand, wollte sie zu sich ziehen.

«Lass mich los», wehrte sich Rike. «Oder ich schreie. Und jetzt geh bitte. Ich hab jede Menge zu tun.»

«Was denn? Staubwischen? Pullover falten? Ist doch kein Mensch da außer uns beiden!» Plötzlich schien er sich zu besinnen und ließ sie los. «Draußen steht übrigens ein wunderschöner Weihnachtsbaum», sagte er. «Eins-a-Fichte. Kerzen und Kugeln gibt's noch dazu. Alles deins – unter einer Bedingung.»

Rike spähte durch die Scheibe.

Die Wärme der Kochhexe hatte ein Guckloch in die Eisblumen gezaubert. Brahm hatte nicht gelogen. Vor dem Laden stand tatsächlich ein Nadelbaum, daneben eine mittelgroße Holzkiste.

Flori würde außer sich vor Freude sein. Die anderen ebenso, auch wenn sie so taten, als sei ihnen der Baum nicht so wichtig.

Aber was zum Teufel wollte dieser Kerl dafür?

«Falls nötig, treib ich auch noch Lametta auf», hörte sie Brahm sagen. «Für dich, Rike – mach ich alles!»

Da war er wieder, jener gewisse Unterton, den sie so gar nicht mochte!

«Das kann und werde ich nicht annehmen.» Rike schluckte.

«Aber du musst – bitte! Sei meine Königin, nur für diesen Abend! Ich habe Schampus besorgt, Lachs, Kaviar, alles wie in den guten alten Zeiten. Wir essen und trinken zusammen, unser ganz spezielles kleines Weihnachtsfest. Ich rühr dich nicht an, Ehrenwort! Nichts passiert, was du nicht auch willst, nur …»

«Nein!» Rike hatte so laut geschrien, dass sie selbst erschrak. «Mich kann man nicht kaufen, weder mit Worten noch mit Schampus oder Kaviar. Und ich werde nicht deine Königin sein, weder heute noch sonst irgendwann. Lass mich in Frieden. Die Thalheims werden Weihnachten auch ohne Baum überleben. Geh jetzt, Werner, zieh endlich Leine!»

Er schien in sich zusammenzusinken, gewann erst nach ein paar Augenblicken seine Fassung zurück.

Als er sie wieder ansah, war sein Gesicht ganz leer.

«Man begegnet sich im Leben immer zweimal, Ulrike Thalheim», sagte er leise. «Du wirst noch an mich denken!»

Silvie war ohne Baum heimgekommen, Papa ebenso. Von Rike ganz zu schweigen, aber die war ja den ganzen Tag im Laden gewesen.

Sie hatte gleich nach dem Abendbrot ins Bett gewollt, was kein Problem war, da Erich inzwischen wieder quietschvergnügt auf der Küchencouch thronte. Irgendwann würden ihm die Augen zufallen, denn Flori hatte ihn mit den Karten im Zimmer der großen Schwestern müde gespielt, so lange, bis *maman* endlich die Kaninchen von Onkel Carl fertig in Buttermilch mariniert hatte. Leider nur zwei, und ziemlich mager hatten sie auch ausgesehen, wie sie bei einer kurzen Stippvisite in der Küche feststellen musste, aber immerhin Fleisch. Wenn man sie geschickt tranchierte, würde Erich gar nicht merken, dass er gerade Kaninchen aß …

Jetzt gab es nur noch das Problem mit dem Baum.

Für sie war Weihnachten ohne Baum eben kein Weihnachten! Der Nadelduft, die Kerzen, die bunten Kugeln, das Zuckerwerk – als sie ihn zum ersten Mal mit schmücken durfte, war sie außer sich vor Freude gewesen. Das war für sie Frieden, das war Geborgenheit, das war Familie! Selbst wenn Flori sich jetzt manchmal gegen all das heftig wehrte, ganz innendrin hing sie doch noch immer daran …

Gedankenverloren kritzelte sie vor sich hin. Heute hatte sie sich alles vorgenommen, was an der Garderobe hing. Einen Mantel, ein paar Handschuhe und die Knöpfe an Rikes Wintermantel hatte sie schon gezeichnet. Nun war sie bei einem Regenschirm angelangt, dessen Konstruktion sie faszinierte. Flori zeichnete einen langen Stab, von dem die Rippen abgingen. Carl hatte seinen alten Schirm bei ihnen stehen lassen, den nahm sie sich als Modell, ein klappriges altes Ding, zu nichts mehr nutze.

Eine Rippe, zwei Rippen, drei Rippen.

Wenn man diese nun übereinanderstapelte …

Flori begann zu strahlen. Wieso hatten sie sich alle den Kopf zerbrochen?

Das war doch des Rätsels Lösung!

Jetzt wusste sie, was sie morgen zu tun hatte …

8

Berlin, 24. Dezember 1946

Was ein Bad und ein Haarschnitt ausmachen konnten! Claire konnte den Blick kaum von dem Jungen wenden, als sie am Morgen gemeinsam aus dem Badezimmer kamen. Erich strahlte rosig in seinem ebenfalls frischgewaschenen Pullover, dessen Mottenlöcher Miri gestern noch mit roten und weißen Wollfäden verschlossen hatte. Jetzt hätte man meinen können, lauter kleine Marienkäfer krabbelten munter auf dem Blau herum, was gut zu der kecken Kurzhaarfrisur passte, die Claire ihm verpasst hatte.

«Du siehst aus wie ein kleiner Lord», sagte sie liebevoll. «Die Mädchenherzen werden dir nur so zufliegen.»

«Die von den großen Mädchen auch?», wollte er wissen.

Keine Frage, wen Erich damit im Speziellen meinte.

«Die sowieso», versicherte Claire. «Deine Mama wird auch begeistert sein!»

«Ich freu mich so auf sie. Wenn sie nur wieder ganz gesund wird!» Erich wirkte plötzlich sehr verletzlich.

«Das wird sie! Und jetzt habe ich noch jede Menge zu erledigen, bevor du sie besuchen gehst. Ein bisschen weihnachtlich soll es heute ja schließlich bei uns sein.»

Wie das gelingen sollte, wusste Claire allerdings selbst nicht. Friedrich hatte ihr gestern eine kleine Schachtel mit Glaskugeln in die Hand gedrückt. Doch was sollte sie mit denen anstellen – ganz ohne Baum? Nicht einmal ein paar Zweiglein gab es. Und sie einfach an die Türklinken binden? Dann konnten sie schnell kaputtgehen!

Sie brauchte Zeit zum Überlegen …

«Du kannst dich einstweilen mit Flori unterhalten», sagte Claire zu Erich, der sie noch immer erwartungsvoll anschaute.

«Flori? Die ist doch weggegangen. Was Wichtiges erledigen, hat sie gesagt.»

Ihr *petite puce* allein in der Kälte unterwegs! Ob Flori irgendwelchen Unsinn vorhatte? Liebe Güte, die Sorgen gingen einfach nicht aus. Claire bedachte den Küchenherd mit ängstlichen Blicken. Ob die Gaszufuhr an diesem Festtag durchhielt? Oder würden aus Energiespargründen wieder die Leitungen zugedreht?

Da man jederzeit ohne Gas dastehen konnte, brieten die Kaninchenstücke bereits jetzt in der Backröhre. Dann wäre im Fall der Fälle wenigstens der Braten fertig, und sie müssten ihn eben notfalls in Mantel und Schal verzehren. Immer noch besser so, als hungrig vor rohem Fleisch zu sitzen.

Ein köstlicher Duft erfüllte die Wohnung, obwohl sich bei weitem nicht alle Zutaten hatten auftreiben lassen, die eigentlich dazugehörten. Doch das Einlegen in Buttermilch hatte das Fleisch zart gemacht, und Zwiebeln, Karotten und Sellerie, von Silvie gegen zwei kostbare Schachteln Chesterfields an der *Schwarzen Börse* erstanden, sorgten zusätzlich für Geschmack. Silvie war gestern noch einmal losgestiefelt, nachdem ihr erster Versuch wenig siegreich gewesen war, und spätabends mit einer Tasche voll rarer Kostbarkeiten zurückgekehrt.

«Gerade noch rechtzeitig vor der Polizeirazzia!» Sie warf die blonden Haare zurück und lachte. «Bin heilfroh, dass die mich nicht erwischt haben. Die eine Nacht in der Roten Burg kurz nach Kriegsende hat mir gereicht. Ganz schön gemein, so knapp vor Heiligabend zu kontrollieren. Irgendetwas müssen die Leute schließlich essen! Und wenn es auf diese blöden Lebensmittelkarten nur so wenig gibt, bleibt uns allen ja schließlich nichts anderes übrig, wenn wir nicht verhungern wollen, oder?»

«Verboten ist es trotzdem. Du kommst noch in Teufels Küche, Tochter, wenn du dich nicht an die Regeln hältst!», warnte Friedrich, der gerade die Küche betrat.

«Hast du das immer getan, Papa, mal ganz ehrlich?» Silvies Augenaufschlag und das treuherzige Gesicht, das sie dazu machte, ließen ihn jedes Mal wieder weich werden.

Er blieb ihr die Antwort schuldig, zuckte lediglich die Achseln.

«Na also!», sagte Silvie. «Besondere Zeiten erfordern eben auch besondere Methoden. Außerdem bin ich immer vorsichtig, darauf kannst du dich verlassen.»

«Unter diesem Dach macht doch inzwischen jede, was sie will», echauffierte sich Friedrich. «Und das an Weihnachten! Rike ist wo auch immer, Flori ebenso, und du …»

«… richtig geraten! Ich muss auch noch einmal aus dem Haus. Dauert aber nicht lange. Bin bald wieder da!»

Rike musste vor Weihnachten einfach noch einmal durchatmen, jetzt, wo die Wohnung so übervoll war. Es zog sie zu ihrem Nachdenkort, auch wenn die anderen in der Familie das nicht verstanden hätten – dem abgebrannten *Modekaufhaus Thalheim*, das alles für sie bedeutete. Claire drehte jedes Mal halb durch, wenn sie nur in die Nähe des Gebäudes kam, Papa wurde schwer melancholisch, und Silvie tat, als sei ihr das Kaufhaus einerlei, für Rike jedoch war es anders.

Für sie lagen hier nicht nur die Trümmer der Vergangenheit. Für sie war hier auch die Hoffnung auf Zukunft.

Versonnen blickte sie auf die Ruine des Kaufhauses, das einst so prächtig hier am Ku'damm gestanden hatte. An diesem Ort war ihr altes Leben in Flammen aufgegangen, die Sicherheit, der Reichtum, all jenes, was für die Thalheims so lange selbstverständlich gewesen war. Sogar den Kriegsjahren mit ihren ständigen Einschränkungen hatten sie mit Mut und geschicktem Wirtschaften getrotzt – bis eben zu jenem finalen Bombenangriff, der alles zerstört hatte. Nichts als verbrannte Trümmer waren übrig geblieben, hässlich und nutzlos.

Und doch durften sie nicht aufhören, an einen Neuanfang zu glauben! Rike schloss die Augen – und da waren sie wieder: luxuriöse Modeschauen und glanzvolle Saisoneröffnungen. Weiße Wochen mit ihren Sonderangeboten, die Berlinerinnen aus den verschiedensten Vierteln nach Charlottenburg locken würden! Das beglückte Lächeln der Kundinnen, die vor den Spiegeln posierten und sich dabei schön fanden. Ja, hier konnten Träume wahr werden! Das *Modekaufhaus Thalheim* war so viel mehr als ein simpler Bau, in dem Kleidung verkauft wurde …

Rike fuhr herum, als sie ein Geräusch hörte. Da weinte jemand, verhalten, als schäme er sich dafür. Ein Mann stand ein Stück entfernt. Er war sehr dünn und trug einen schmutzigen Wehrmachtsmantel, vielfach geflickt, dem alle Abzeichen fehlten. Ein schiefes braunes Filzgebilde saß auf seinem Kopf. Vorn schaute eine blonde Haarsträhne heraus. Auf dem Rücken trug er einen großen grauen Rucksack.

«Entschuldigung», schniefte er. «Aber ich kann es gar nicht begreifen! Alles kaputt …»

«Das wird wieder», sagte Rike mit fester Stimme, ebenso zu ihm wie auch zu sich selbst. «Man muss nur klug vorgehen. Geduld haben. Und an Wunder glauben …»

«Geduld – die hatte ich schon mehr als genug! Ich will jetzt zu meinem Sohn. Und zu meiner Frau! Die liegt in irgendeinem Krankenhaus, den Namen hab ich aber vor lauter Aufregung vergessen, und noch einmal zurück nach Spandau, das schaffe ich jetzt nicht …»

«Spandau?», unterbrach ihn Rike. «Haben Sie gerade Spandau gesagt?»

Er nickte. «Dort hatte man sie bei irgendwelchen Nazis untergebracht, das hat meine Frau mir nach Frankreich geschrieben, aber da sind sie jetzt nicht mehr. Sie bekommen wohl eine neue Unterkunft, aber die genaue Adresse wusste der Pfarrer nicht, nur noch Wilmersdorf. Wo soll ich da zu suchen beginnen? Ich war doch noch nie zuvor in Berlin! Irgendwas mit Thalheim hat er dann auch noch gesagt und einen Laden an einem Savignyplatz erwähnt, aber da war ich gerade, und dort war alles zu. Von da aus hab ich mich dann weiter durchgefragt, einfach jeden angesprochen, der mir begegnet ist, und der Letzte hat mich schließlich hierhergeschickt, aber es gibt hier gar kein Kaufhaus mehr. Alles hin!» Seine Tränen flossen erneut. «Es sollte eine Überraschung werden …»

«Das wird es, glauben Sie mir!» Rike konnte kaum fassen, was sie soeben gehört hatte. Hatte sie nicht vorhin von Wundern gesprochen? Gerade passierte eins! «Der Pfarrer, mit dem Sie gesprochen haben, stammt wie Sie aus Schlesien und heißt Matysek, habe ich recht?»

Er nickte, sichtlich verdutzt.

«Und der Name Ihrer Frau ist Gundel, der Ihres Sohns Erich», fuhr Rike fort.

«Richtig. Ganz genau! Aber woher wissen Sie …»

«Weil ich Rike Thalheim bin, Herr Bednarz. Sie stehen vor den Trümmern unseres Modekaufhauses, und Ihr Sohn ist bei uns zu Hause in bester Obhut. Ihre Frau liegt übrigens im Franziskus-Krankenhaus und hat ihre Gallen-Operation gut überstanden.»

«Das gibt's doch nicht», stammelte er überwältigt. «So viel Glück kann doch kein Mensch haben.»

Als das Lächeln seine Augen erreichte, erkannte Rike die Ähnlichkeit zu Erich: Nicht nur den hellen Blondton der Haare hatte der Kleine von seinem Vater, auch das Grübchen im Kinn und die schmalen Lippen.

«Bringen Sie mich zu ihm?», bat er. «Ich hab solche Sehnsucht nach meinem Jungen …»

«Das mache ich gern – nur …» Rike zögerte. Die strenge Kälte dämpfte alle Gerüche, und trotzdem musste sie die Luft anhalten, sobald er sich bewegte. Wie konnte sie ihm das jetzt beibringen, ohne ihn zu verletzen? «Sie sollten vielleicht zuvor an ein Bad denken …», sagte sie, so freundlich sie konnte.

«Da haben Sie recht! Ich stinke vermutlich wie ein Iltis», erwiderte er grinsend. «Eine Garnitur zum Wechseln hätte ich sogar dabei.» Er klopfte auf seinen Rucksack. «Aber wo?»

«Stadtbad Charlottenburg in der Krummen Straße», sagte Rike. «Gar nicht weit von hier. Wenn Sie sich beeilen, haben die vielleicht sogar noch geöffnet.»

Fragend blickte er sie an.

«Kommen Sie, Herr Bednarz», sagte Rike und lächelte. «Ich bringe Sie hin.»

Beim Preußenpark angekommen, stutzte Silvie. Alles abgeholzt – wo früher Kastanien, Linden und Buchen mit üppigem Grün Schatten gespendet hatten, standen jetzt nur noch rissige Baumstümpfe. Auch von der einst reichhaltigen Buschbepflanzung war so gut wie nichts mehr vorhanden. Zur NS-Zeit hatte es hier separate Bänke für Arier und Juden gegeben. Sogar die Kinderspielplätze waren aufgeteilt gewesen, daran erinnerte sie sich noch ganz genau, weil Miri auf einmal von ihnen getrennt worden war, woraufhin Oskar und sie in Tränen ausgebrochen waren, weil sie diese Ungerechtigkeit nicht hatten begreifen können.

Dieser Hungerwinter brachte die Menschen an neue Grenzen. Viele froren bitterlich – und hatten sich in ihrer Not genommen, was sie kriegen konnten. Mit Nadelgehölz hatte sie hier ohnehin nicht gerechnet, aber es erstaunte Silvie doch, mit welch brachialer Gewalt jegliches Grün weggeschafft worden war.

Manche würden wahrscheinlich sogar töten, dachte sie, während sie eilig weiter gegen die klirrende Kälte ausschritt, nur für eine warme Mahlzeit oder einen gemütlichen Abend am Ofen. Nimm das bisschen Kultur weg, das uns umhüllt – und darunter bricht der nackte Trieb hervor.

Unwillkürlich sah sie sich um, aber es konnte ja niemand ahnen, dass sie unter ihren Kleidungsschichten eine Packung Chesterfield versteckte, nur zur Sicherheit, weil man nie wusste, auf wen man unterwegs treffen würde. In letzter Zeit ging sie ohne diese *Extrawährung* nicht mehr aus dem Haus. Das Einzige, was zählte. Denn das alte Geld war so gut wie nichts mehr wert.

Gleich allerdings würde sie weder Zigaretten noch Geld brauchen.

Ben hatte sie zu sich gebeten. Ein wenig genierte Silvie sich dafür, dass er sie vor dem Lancaster House am Fehrbelliner Platz antanzen ließ, Hauptquartier der britischen Streitkräfte in Berlin, aber er hatte sicherlich seine Gründe dafür. Früher war in den einstigen Räumen der Rudolph Karstadt AG die Deutsche Arbeitsfront zu Hause gewesen, nach der Zerschlagung der Gewerkschaften der mit Abstand größte NS-Massenverband. Nur wer arbeitsfähig war, so stand es in den Statuten, besaß einen Wert. Juden, «Minderrassige» und Menschen, die aus anderen Gründen als «gemeinschaftsunfähig» galten, fielen nicht darunter und waren zur Zwangsarbeit verpflichtet.

Wie blind und unwissend sie doch die ganze Zeit über gewesen war! Zum Glück änderte sich das gerade.

Ja, sie hatte sich in Ben, einen der britischen Besatzer, verliebt, doch erst Ralf, der Kommunist aus Potsdam, hatte ihr mit seinen präzisen Analysen die Augen geöffnet! Und dennoch verband sie noch immer viel mit Ben: Silvie liebte seinen trockenen Humor, seine Schlagfertigkeit und Hilfsbereitschaft. Ohne ihn hätte sie niemals im *British Officer's Club* auftreten können, ohne Ben hätte sie sich auf keine Bühne dieser Welt gewagt.

Was ihm fehlte, das besaß Ralf – und umgekehrt.

Warum durfte man eigentlich nur einen Einzigen lieben, wo die beiden kombiniert den idealen Mann ergaben?

Sie wurde langsamer beim Näherkommen.

Die Bombardierungen der Alliierten hatten große Schäden an dem hufeisenförmigen Platz angerichtet. Viele Dächer waren zerstört; jedoch hatten die Betondecken der einzelnen Geschosse ein Ausbrennen verhindert. Nur so hatten die Briten kurz nach Kriegsende hier einziehen und das frühere NS-Gebäude zu ihrem Hauptquartier machen können.

Deutschen war, das wusste Silvie, das Betreten von Teilen des Platzes untersagt. Aber welcher Bereich genau war das nun? Während sie noch überlegte, kam bereits eine gedrungene Gestalt auf sie zu – Will O'Brian, nicht Ben, mit dem sie gerechnet hatte.

«Ben ist nicht hier, aber ich soll dir das von ihm geben», sagte er, nachdem er sie freudestrahlend begrüßt hatte, und drückte ihr eine Papiertüte in die Hand. *«With best wishes.»*

«Wo steckt er denn?», fragte Silvie. «Im Einsatz?»

«Nicht ganz.» Will war anzusehen, wie er sich wand. *«His uncle is sick. So he decided to go to London.»*

«Ben ist nach London geflogen?» Sie konnte es kaum fassen. «Wann denn?»

«Gestern. *He had to leave quickly …»*

«Ohne ein einziges Wort», murmelte Silvie. «Einfach so, als wenn ich niemand wäre …»

Am liebsten hätte sie die Tüte kommentarlos zurückgegeben. Doch Stolz konnte sie sich nicht leisten, sonst würde sie heute Abend mit leeren Händen dastehen.

«Er liebt seinen alten Onkel, *you know*», versuchte Will den abwesenden Kameraden und Freund zu entschuldigen. *«He is like a father to him …»*

«Weiß ich doch! Er hat Ben das Leben gerettet. Ein Wort des Abschieds wäre trotzdem angebracht gewesen, meinst du nicht auch?»

So weit hatten sie sich schon voneinander entfernt,

dass Ben ihr solch wichtige Dinge vorenthielt! Es tat weh, sehr weh sogar, aber machte sie gleichzeitig auch freier.

Will, der jeden Streit hasste, nickte zerknirscht. «*If you were my girlfriend …*» Er seufzte tief.

Silvie rang sich ein Lächeln ab. Will konnte ja schließlich nichts dafür.

«*Something else, Silvie*», fuhr Will fort. «*These rooms in Wilmersdorf are empty now. The Bednarz family* … kann einziehen.»

Familie Bednarz hatte tatsächlich eine neue Bleibe – wenn das kein Grund zum Feiern war!

Silvie gelang es, ihren Ärger über Ben für den Moment runterzuschlucken. Jetzt war ihr Lächeln strahlend und echt.

«*Merry Christmas*», sagte sie. «*And thank you for everything*. Das Mädchen, das einmal deine Freundin wird, ist ein glückliches Mädchen, Will!»

Kaum war sie mit Erich im Freien, zerrte der so stark an Miris Hand, dass sie fast hingefallen wäre.

«Immer langsam mit den jungen Pferden», sagte sie lächelnd, während sie auf den Ku'damm zuliefen. «Du warst gerade noch ziemlich krank. Willst du gleich wieder leichtsinnig werden und zurück auf die Couch zu Mama Claire?»

«Nein.» Er schüttelte seinen Kopf mit der blau-weiß geringelten Mütze, die sie auf die Schnelle auch noch für ihn gestrickt hatte. «Jetzt will ich zu meiner Mama. Und zwar schnell!»

«Machen wir ja. Aber wenn wir uns unterwegs die Beine brechen, dauert es deutlich länger, das kann ich dir verraten.»

Das Argument schien ihn zu überzeugen, er drosselte sein Tempo.

«Komische Straße», sagte Erich nach einer Weile. «Ist ja alles kaputt hier! Nichts als Schutt und eingestürzte Häuser.»

«Breslau wurde doch auch bombardiert», sagte Miri. «Du müsstest diesen Anblick eigentlich kennen.»

Er nickte. «Sogar ganz schlimm. Aber da waren wir drei schon auf dem Land. Eine Nachbarin, die gerade noch rauskam, hat uns davon erzählt. Lauter brennende Christbäume am Himmel, hat sie gesagt. Ich weiß es noch genau!»

«Denk nicht mehr daran!», sagte Miri und strich ihm über den Kopf. «Es ist Weihnachten, du wirst gleich deine Mama sehen und hast einen schicken neuen Wintermantel …»

Erich blieb stehen, sah an sich hinab und strich über seinen Mantel. Danach umschlang er Miri mit beiden Armen und presste sein Gesicht an sie.

«Danke», sagte er. «Und die Zotteln sind auch ab. Endlich sehe ich wieder aus wie ein Junge!»

Sie musste grinsen.

Der marineblaue Wollstoff passte prima zu seiner frischen Haut. Überall hatte sie reichlich Zugaben eingearbeitet, in den Ärmeln, wie auch im Saum und an den

Seitennähten. Erich konnte unbeschwert in die Höhe schießen, und ein paar Pfund schwerer werden durfte er auch – der Mantel würde mitwachsen, mindestens noch die nächsten beiden Jahre. Inzwischen war sie froh, dass er seiner Mutter so neu ausstaffiert gegenübertreten würde. Dabei hatte sie lange gegrübelt, ob sie ihm den Mantel nicht erst an Heiligabend in der Thalheim'schen Küche überreichen sollte.

«Du gehörst zu uns, Miri», hatte Rike gesagt. «Und natürlich bleibst du an Heiligabend nicht allein in deiner Butze, das wäre ja noch schöner!»

Claire hatte dazu so begeistert genickt, dass Miri ganz warm ums Herz geworden war. Jetzt war sie froh, dass sie noch einmal zu dem kleinen Weihnachtsmarkt am alten Schloss gesaust war, um ihr den Herzenswunsch zu erfüllen. Claires sanfte Stimme ging leicht unter im kräftigen Kanon der Thalheimfamilie. Höchste Zeit also, dass sie, die immer an die anderen dachte, auch einmal bedacht wurde.

«Ohne dich, Miriam, macht es doch nur halb so viel Spaß», hatte zu ihrer großen Freude schließlich auch noch Friedrich Thalheim versichert. «Außerdem gibt es endlich mal wieder was halbwegs Anständiges zu essen. Das willst du dir doch sicherlich nicht entgehen lassen, oder?»

Sie kam mit dem Familienoberhaupt gut klar, immer schon, oft sogar besser als dessen Töchter, sie verstand Friedrichs Sorgen und mochte seinen Humor, den er gerade in ihrer Gegenwart besonders gern zeigte. Von ihr ließ er sich Dinge sagen, die ihn bei anderen womöglich in Rage versetzt hätten. Sie mochten und schätzten sich gegenseitig, das tat gut. Aufgewachsen als vaterloses Kind, hatte Miri sich stets einen Papa gewünscht und die Thalheim-Kinder glühend um ihren beneidet. Kinder brauchen beide Eltern, davon war Miri überzeugt. Wenigstens war Erich bald wieder mit seiner Mutter vereint, das war doch schon mal ein brauchbarer Anfang.

Erich war wieder schneller gegangen, sie hatten die Budapester Straße schon erreicht. Allerdings war Miri leicht außer Atem, als sie vor die Pforte des Franziskus-Krankenhauses traten. Nach der Zimmernummer brauchte sie heute nicht zu fragen. Zielstrebig brachte sie den Jungen in das zweite Stockwerk und vor die richtige Tür. Aber warum lächelten die beiden weiß gekleideten Ordensschwestern so vielsagend, die ihnen entgegenkamen?

Eine von ihnen strich Erich, der bei ihrem Anblick pflichtschuldig seine Mütze abzog, kurz über den Kopf.

«Da hat das Christkind sich aber etwas ganz Besonderes für dich ausgedacht, Kleener», sagte sie. «Wirst dich freuen!»

Miri öffnete die Tür; sie traten ein.

Inzwischen waren die anderen Betten im Zimmer leer, da das Krankenhaus bemüht war, an Weihnachten möglichst alle Patienten nach Hause zu entlassen.

Allein war Gundel Bednarz trotzdem nicht.

Auf dem Stuhl neben ihrem Bett saß ein Mann, dessen Schultern bebten. Erichs Mama weinte ebenfalls – dicke Freudentränen. Erich blieb einen Moment regungslos neben ihr stehen, als hätte ihn der Blitz getroffen, dann rannte er los.

«Mama!», rief er. «Papa!»

Flori hatte sich in Miris Wohnung geflüchtet und dort fast den ganzen Nachmittag gewerkelt. Es war alles andere als einfach gewesen, genügend alte Schirme von den Nachbarn zu ergattern, weil in diesen mageren Zeiten keiner etwas freiwillig weggab. Mit viel Charme und noch mehr Überredungskunst war es ihr aber schließlich doch gelungen, drei halbwegs brauchbare Exemplare aufzutreiben, die sie nun zusammen mit Onkel Carls altem Schirm weiterverarbeitet hatte.

Sie trat einen Schritt zurück, begutachtete kritisch ihr Werk.

Groß war er nicht geworden, aber es hatte einfach nicht mehr Material gegeben. Außerdem wäre es sonst mit der Statik vermutlich noch schwieriger geworden. Natürlich war in dieser Notzeit auch Werkzeug kostbar und selten. Zum Glück war eine Nachbarin bereit gewesen, ihre Zange zu verleihen, sonst hätte Flori ihr Vorhaben gleich vergessen können. Miris Schneiderschere durfte sie nicht anfassen, sonst hätte es großen Ärger gegeben. Darum hatte Miri ihr geholfen und die Rippen eigenhändig vom Schirmstoff befreit, bis sie nackt waren. Dann erst war die Zange ins Spiel gekommen, mit deren Hilfe Flori sie auf verschiedene Längen zugeschnitten hatte.

Wie die Äste eines Tannenbaums …

Inzwischen war die Konstruktion so fest zusammengebunden, dass aus den Schirmen eine Art Stamm entstanden war. Die unteren Rippen, die davon wegstrebten, waren länger; nach oben hin wurden sie immer kürzer.

Gerade war die verwitwete Nachbarin noch einmal vorbeigekommen, um ihr eine alte silberne Baumspitze und zwei Packungen Lametta zuzustecken.

«Mein Mann kann sich ja nicht mehr daran freuen», sagte sie. «Und ich ohne ihn auch nicht. Wo ihr jetzt doch diesen Kleinen bei euch habt …» Sie nickte anerkennend, als sie Floris Werk begutachtete. «Beeindruckend, was du da zusammengebastelt hast! Weißte, was, Flori? Damit könntest du richtig in Produktion gehen, wo es doch momentan keine echten Tannenbäume mehr gibt! Jetzt bräuchtet ihr nur noch ein paar schöne Kugeln …»

Die hatte *maman* und würde froh sein, wenn sie zu guter Letzt ihren Platz fanden.

Paul war der erste Weihnachtsgast, von Taps im Flur stürmisch begrüßt. Außer seiner Gitarre hatte er noch ein Töpfchen mit Schmalz sowie ein kleines Säckchen verschrumpelter Äpfel dabei, die er Claire leicht verlegen überreichte.

«Mehr ist bei einem hungrigen Musikanten derzeit leider nicht drin», sagte er. «Aber alles wird besser. Für Silvester sind die Jungs und ich schon gebucht. Und im neuen Jahr starten wir dann so richtig durch. Einen Namen hat unsere Band inzwischen auch. *The Foxtrott Boys*, so heißen wir. Toll, oder?»

«Ganz toll», erwiderte Silvie an Claires Stelle. «Dein Vater kommt übrigens auch. Weißt du, oder?»

Pauls Gesicht wurde starr. «Und Mama?», fragte er.

«Die bleibt bei Oma in Babelsberg. Zoffen können sich die beiden also nicht.»

Seine Miene erhellte sich, als Miri klingelte und von Claire in die Wohnung gelassen wurde. In Kindertagen hatte er sie oft an den dunklen Zöpfen gezogen, schon damals aus Liebe, wie er grinsend versicherte. Mittlerweile war unübersehbar, wie sehr Paul auch für die erwachsene Miri schwärmte.

«Du Engel des Abends!», sagte er verzückt. «Wenn ich das geahnt hätte …»

«Ich geb dir gleich – Engel!» Miri boxte ihn spielerisch in die Seite. «Mach dich lieber nützlich und hilf zum Beispiel deiner Tante beim Tischdecken …»

«Alles längst fertig! Ist ein bisschen eng in der Küche, weil wir Carl ja auch noch unterbringen müssen, der sicherlich wie immer zu spät kommt, aber wir werden schon alle hinpassen.» Claires Lächeln erlosch jäh. «Wo hast du denn Erich gelassen, Miri?»

«Dort, wo ein Kind hingehört», erwiderte Miri vergnügt. «Du musst dir keine Sorgen machen. Es könnte nicht besser sein!»

«Etwa im Krankenhaus? Wo ich ihm extra seine *Blauen Husaren* gemacht habe! Aber dort kann er doch nicht bleiben. Und wie soll der Kleine dann herkommen, ganz allein in der Heiligen Nacht?»

«Lass dich überraschen», sagte Rike grinsend. «Und es wird übrigens gleich noch enger werden!»

Claire sah von einer zur anderen, aber alle blieben stumm und lächelten.

«Ihr macht mich ganz verrückt!», sagte Claire kopfschüttelnd. «Nichts als Andeutungen und Geheimnisse! Könnt ihr nicht einmal anständig mit mir reden, wenigstens an Weihnachten …»

«Dann öffne jetzt mal die Wohnungstür, Claire», sagte Miri. «Um Knecht Ruprecht zu begrüßen!»

Floris Gesicht war vor Konzentration leicht gerötet. Schon als Kind war es ihr schwergefallen, sich Gedichte zu merken, obwohl sie Gereimtes eigentlich liebte, doch nun begann sie tapfer zu rezitieren:

«Von drauß' vom Walde komm ich her;
Ich muss euch sagen, es weihnachtet sehr!
Allüberall auf den Tannenspitzen
Sah ich goldene Lichtlein sitzen;
Und droben aus dem Himmelstor
Sah mit großen Augen das Christkind hervor …»

Plötzlich fiel sie aus der Rolle und schimpfte: «Könnte mir mal bitte jemand von euch endlich diesen unhandlichen Weihnachtsbaum abnehmen?», sagte sie. «Meine Finger brechen sonst nämlich gleich ab!»

Was für ein unvergessliches Fest!

Floris Baum hatten alle mit vielen Ahs und Ohs gebührend bewundert. Claire konnte gar nicht mehr aufhören, die Tochter zu loben, sogar Friedrich geizte nicht mit Komplimenten, während Paul einen anerkennenden Pfiff ausstieß.

«Da haben wir ja ein echtes künstlerisches Talent in der Familie», kam von Carl. «Freut mich ganz besonders, liebe Flori!»

«Du bist einsame Spitze, Kleene», sagte Silvie und nahm sie in die Arme.

«Ganz große Klasse, Schwesterchen», versicherte auch Rike, während Miri, die ja eingeweiht gewesen war, Flori verschmitzt zuzwinkerte.

Jetzt glänzte der Weihnachtsbaum mit seinem Lametta in der Küche, auch ohne Kerzen. Dafür fiel die Bescherung denkbar bescheiden aus: Seife und Nylons für die Frauen, besorgt vom abwesenden Ben, dessen Namen Silvie den ganzen Abend lang gewissenhaft unerwähnt ließ. Für die Männer gab es Zigarren aus der gleichen Quelle, sowie selbstgestrickte Socken, die weder bei Friedrich noch bei Carl besondere Begeisterung entfachten. Rike trug ihr wichtigstes Geschenk sozusagen direkt auf der Haut: Stefanos Weihnachtsbrief, gerade noch rechtzeitig eingetroffen, aber leider schon wieder viel zu knapp für ihren Geschmack.

Amore – vermisse dich – Buon natale.

Mehr als diese dürftigen Worte hatte ihr Liebster aus dem fernen Mailand leider nicht geschrieben.

Die Kaninchen waren trotz Marinade ein wenig zäh

geraten, das Rotkraut dafür zu weich, die Kartoffelpuffer schwärzlich angekokelt – Claire war trotz aller Bemühungen wahrhaftig keine Künstlerin am Herd. Aber alle wurden einigermaßen satt, die Gasleitung lief, zwei Flaschen Krimsekt, die Carl spendiert hatte, hoben die Stimmung merklich, und ausnehmend gut waren Claire Erichs *Blaue Husaren* gelungen, seine Lieblingssüßspeise aus eingeweichten Brötchen und Mohn.

Strahlend saß der Kleine neben seinem Vater, den Miri ein wenig eigenmächtig im Namen aller zum Weihnachtsfest eingeladen hatte, und futterte, dass es eine wahre Freude war.

«Mama im Krankenhaus denkt an euch», sagte er. «Ich werde ihr gleich morgen erzählen, wie toll deine Mohnklöße geschmeckt haben, Claire!»

Voller Rührung nahm sie die Komplimente entgegen. «Wenn ihr so weitermacht, bringt ihr mich gleich zum Weinen», japste sie überglücklich.

Das tat sie dann spätestens, als Miri die kleine geschnitzte Krippe vom Weihnachtsmarkt auf einem Hocker hereintrug.

«Die musste zu dir, Claire», sagte sie einfach.

«Aber dass gerade du ... ich meine, als Jüdin ...» Claire wusste nicht weiter.

«Ich hab eben ein Herz für Kinder in Not», sagte Miri augenzwinkernd. «Bis die nicht gut aufgehoben sind, gebe ich keine Ruhe!»

Und noch einmal flossen Claires Tränen, als Erich spontan Ochs und Esel dazustellte, die Rike ihm zuvor als Geschenk von Pfarrer Matysek übergeben hatte.

«Jetzt sind alle zu Hause!», sagte der Junge zufrieden. «So, wie es an Weihnachten sein muss! Dass Papa heute bei euch schlafen darf ... Und Mama kommt ja auch bald raus ...» Seine Stimme zitterte.

«Und ob, mein Großer!» Die Hand von Frank Bednarz lag fest auf der knochigen Schulter seines Sohnes. «Dann ziehen wir gemeinsam um. Ich kann es kaum erwarten.»

In den wenigen Stunden des Beisammenseins hatten alle den dünnen Mann mit dem freundlichen Lachen ins Herz geschlossen. Auf Friedrichs Drängen hin erzählte er von seiner Zeit unter Tage im Lothringischen Kohlebergwerk.

«Das bisschen Essen, die harte Arbeit und selbst die miese Unterkunft im Lager von Rosbruck waren nicht einmal das Schlimmste», sagte er. «Obwohl mein Rücken ordentlich dabei gejault hat. Am schwersten zu ertragen war die Verachtung der Franzosen. Schweine waren wir für sie – jetzt und für alle Mal. Das haben sie uns spüren lassen. Und das tat verdammt weh.» Er fuhr sich über das Gesicht. «Dabei war ich nie gern Soldat. Als Optiker habe ich doch viel lieber die Augen der Leute korrigiert, als eine Waffe auf sie zu richten. Weil mich alles, was mit Sehen zusammenhängt, stets fasziniert hat, hab ich in jungen Jahren sogar die Blindenschrift erlernt. Erich werde ich sie auch beibringen. Man weiß nie, was noch kommt!»

«Die Franzosen haben allen Grund, uns zu hassen», sagte Carl. «Wenn wir Pech haben, dauert es Generationen, bis wieder eine Annäherung zwischen Frankreich und Deutschland möglich wird. Dabei verbindet uns so viel. Manchmal könnte ich aus der Haut fahren, wenn ich an das ganze Elend auf beiden Seiten denke!»

Für einen Moment wurde es still in der weihnachtlichen Küche.

«Wie schlimm mag es erst in Russland sein, bei noch viel tieferen Minusgraden!», flüsterte Rike. Alle dachten an Oskar. Und plötzlich war es, als säße er mit am Tisch. «Die Menschen von dort mögen ja daran gewöhnt sein, aber die deutschen Kriegsgefangenen? Ohne entsprechende Bekleidung, ohne anständige Verpflegung, ausgezehrt, vielleicht sogar krank! Wahrscheinlich werden viele diese Wintermonate gar nicht überleben …»

«Oskar schon!», fiel Silvie ihr ins Wort. «Der ist stark und pfiffig. Mein Zwillingsbruder kriegt immer ganz schnell raus, wie man sich am besten durchschlägt. Unser Oskar kommt wieder nach Hause, das weiß ich – und dann wird vielleicht gefeiert, Leute!»

Friedrich nickte. «Silvie hat recht», sagte er, und es klang wie eine Beschwörung. «Oskar *muss* zurückkommen. Daran dürfen wir nicht zweifeln. Niemals! Wir brauchen ihn hier doch so sehr …»

«Es darf einfach nie wieder Krieg geben», meldete Flori sich zu Wort. «Weder in Europa noch anderswo. Dafür müssen wir sorgen!»

«Dann fang mal fleißig damit an, Kleines», sagte Friedrich. «Wir Alten haben das nicht vermocht. Vielleicht gelingt es ja eurer Generation. Wo ihr ohnehin alles besser zu wissen glaubt …»

Damit die Stimmung nicht kippte, griff Paul nach seiner Gitarre und schlug ein paar Takte an. Hell klangen sie, versöhnlich, unbekannt und zur gleichen Zeit seltsam vertraut.

«Was ist das?», fragte Rike. «Kenn ich gar nicht!»

«Ich auch nicht», schloss sich Miri an. «Ich bin ja nicht gerade die Expertin für Weihnachtslieder, wie ihr wisst, aber die Melodie ist mir ganz neu.»

«Musik hilft in jeder Lebenslage. Das weiß ich inzwischen. Aber irgendwie bin ich jetzt nicht so richtig in Stimmung für *O Tannenbaum* und die klingelnden Glöckchen, nehmt mir das bitte nicht übel», sagte Paul. «Können wir ja später noch gemeinsam singen. Diesen Song hab ich in einem Liederbuch entdeckt und gleich gemocht. Kommt wohl ursprünglich aus Schottland, aber Schottisch kann ja kein Mensch, außer die mit diesen lustigen karierten Röcken. Auf Englisch heißt es *Times Gone By*. Lässt sich übrigens ganz einfach mitsummen …»

Should old acquaintance be forgot,
and never brought to mind?
Should old acquaintance be forgot,
and auld lang syne?
For auld lang syne, my dear,
for auld lang syne,
we'll take a cup of kindness yet,
for auld lang syne.

And surely you'll buy your pint cup!
And surely I'll buy mine!
And we'll take a cup o' kindness yet,
for auld lang syne.

We two have run about the hills,
and picked the daisies fine;
But we've wandered many a weary foot,
since auld lang syne.

We two have paddled in the stream,
from morning sun till dine;
But seas between us broad have roared
since auld lang syne.

And there's a hand my trusty friend!
And give me a hand o' thine!
And we'll take a right good-will draught,
for auld lang syne.

Alle hatten mitgesummt, am lautesten Flori, die ganz feuchte Augen bekommen hatte.

«Das ist wunderschön – ich liebe es!» Sie war aufgesprungen und umarmte ihren Cousin. «Du bist ein echter Künstler, Paul! Und eure Band wird sich vor Engagements bald nicht mehr retten können!»

«Na, wenn du dit sagst, Kusinchen, dann wird et janz sicher wahr!», berlinerte Paul, um seine Rührung zu kaschieren. «Und vertragen müssen wir uns ja schließlich alle irgendwie wieder, die Amis, die Briten, die Deutschen, die Russen – und och die Berliner. Die vor allem. Fröhliche Weihnachten also, Familie und Freunde – für uns alle!»

EPILOG

Berlin, Silvester 1946

Zwei Bollerwagen, einer, der den Thalheims gehörte, der andere geliehen, waren nicht viel. Doch für den spärlichen Hausrat von Familie Bednarz reichten sie. Dabei hätte die kleine Flüchtlingsfamilie noch sehr viel weniger gehabt, hätten nicht Rike, Silvie, Miri und Flori die gesamte Bleibtreustraße abgeklappert und die Nachbarn nach Gegenständen gefragt, die sie entbehren konnten. So befand sich nun ein bunt zusammengewürfelter Hausstand in den Wägelchen. Neben ausrangierten Töpfen und angeschlagenem Geschirr sogar drei alte Federbetten, gegen die Nässe in Sackleinen gehüllt.

Claire hatte sich unter Tränen von Erich verabschiedet. Trotzdem waren Friedrich und sie erleichtert, dass die Wohnung nicht mehr ganz so überfüllt war. Im Frühling würde Familie Bednarz nach Darmstadt ziehen. Dort lebte Franks Onkel, der ebenfalls Optiker war und ihm angeboten hatte, seinen Laden zu übernehmen.

«Dass alles immer zu Ende gehen muss!» Claire lehnte sich an ihren Mann.

«Ich bleib dir, Liebes», sagte Friedrich ungewohnt weich. «Und unsere Mädchen auch. Wir Thalheims halten zusammen!»

Die Eiseskälte des vergangenen Monats hatte sich vorübergehend gemildert; jetzt lagen die Temperaturen nur noch knapp unter null. Dafür schneite es seit Tagen fast ununterbrochen, was ein Vorankommen auf den ungeräumten Gehwegen erschwerte. Aus diesem Grund hatte Miri auch darauf bestanden, die genesende Gundel mit einer der wenigen Taxen, die in Berlin schon wieder unterwegs waren, vom Krankenhaus abzuholen und direkt zur neuen Adresse zu bringen.

Auch Paul war als Helfer eingesprungen; zusammen mit Silvie und Flori zog er den einen Bollerwagen, während sich Rike und Frank Bednarz mit dem zweiten abmühten.

Erich tanzte vor ihnen im Schnee.

«Mama kommt», sang er ausgelassen. «Gleich ist sie da! Nie mehr die olle Heitmann und Winfried – bäh! Wir haben eine neue Wohnung – juhe!»

«Seine Energie möchte ich haben.» Keuchend war Rike stehen geblieben. Seit Weihnachten hatte kein Fitzelchen Fleisch mehr auf dem Speiseplan gestanden, und sie fühlte sich hungrig und schlapp. Heute zum Jahreswechsel würden sie Heringssalat zu essen haben, allerdings mit reichlich Kartoffeleinlage, aber immerhin. Silvie hatte vor, mit Onkel Carl eine Tanzveranstaltung in Potsdam zu besuchen, dazu fehlte ihr selbst die Lust.

Was das neue Jahr wohl bringen würde?

Hoffentlich konnte sie bald Stefano wiedersehen, allein schon, um sich über ihre Gefühle für ihn klarer zu werden. Vielleicht ließ sich ja heute noch ein Anruf nach Mailand arrangieren. Dazu musste sie ins Haupttelegraphenamt an der Oranienburger Straße im Sowjetischen Sektor, auch nicht gerade der nächste Weg.

Wenn das Leben nur wieder ein wenig einfacher wäre, das wünschte sie sich am allermeisten. Und natürlich ein neues *Modekaufhaus Thalheim*.

«Geht schon wieder», sagte Rike zu Frank Bednarz. «Wir können weiter. Jetzt sind wir ja bald am Ziel.»

Silvie dagegen schien keine Müdigkeit zu kennen. Ihre Augen strahlten, während sie den Wagen zog, und sie war schon den ganzen Morgen bestens gelaunt.

«Ich freu mich auf das Neue», sagte sie zu Paul. «Wie aufregend, wenn ein frisches Jahr vor der Tür steht! Alles kann doch nur besser werden: mehr zu essen, mehr Kunden im Laden, viele neue gute Bücher – und sicherlich kommt auch Oskar bald nach Hause!»

«*The Foxtrott Boys* starten durch», erwiderte der. «So lautet mein Plan. Halt uns mal die Daumen, Kusinchen, dass unsere Träume wahr werden …»

«Mach ich», sagte Silvie. «Versprochen! Träumen ist immer gut.»

«Vergisst du mich auch nicht, wenn ich woanders wohne?» Erich hatte aufgehört zu tanzen und war zu Flori gelaufen. «Ich kann auch mal ziehen, damit du dich ausruhen kannst …»

«Dich vergessen? Niemals!», versicherte Flori. «Außerdem hab ich ja die ganzen Zeichnungen von dir. Die helfen beim Erinnern.»

«Aber da sah ich doch noch wie ein Mädchen aus …»

«Niemand hätte dich jemals für ein Mädchen halten können, Erich.» Den nötigen Brustton der Überzeugung bekam Flori auf Anhieb hin. «Außerdem kann ich ja neue Bilder machen. Sobald ihr euch fertig eingerichtet habt.»

«Du kommst uns also besuchen? Ich meine, solange wir noch in Berlin sind?»

«Oder du uns. Wir sind doch nicht aus der Welt!»

Getröstet lief er wieder nach vorn und setzte seinen Tanz im Schnee fort.

Inzwischen hatten sie bereits die Spichernstraße überquert und nach ein paar Minuten die Kulmbacher Straße erreicht. Von da bogen sie in die Regensburger Straße ein.

Vor dem Haus Nr. 14 wartete Miri mit der frischentlassenen Patientin. Ein Altbau in erfreulich gutem Zustand, wenngleich im obersten Stockwerk die Scheiben fehlten und durch Wellblechpappe ersetzt waren.

«Mama!» Erich sprintete auf sie zu und wollte sie temperamentvoll umschlingen, seine Mutter jedoch wich zurück.

«Musst noch bisschen lieb zur Narbe sein, mein Herzebrinkel», sagte Gundel Bednarz. «Küssen geht – aber bitte auch ganz vorsichtig.»

Er nickte, verständig wie ein Großer. «Geht in Ordnung, Mama!» Dann flog sein Blick zum Klingelschild. Unter *Zander* klebte ein beschrifteter Papierstreifen. «*Bednarz*, das sind wir.» Erichs Stimme war voller Stolz. «Jetzt gibt es uns wirklich in Berlin.»

«Ich weiß gar nicht, wie ich Ihnen allen danken soll», sagte sein Vater bewegt. «Ohne Sie wären wir heute nicht hier …»

«Ganz genau», fiel seine Frau ein. «Sie haben uns gerettet. Erst unseren Jungen – und dann uns alle. Danke, danke, danke! Das werden wir niemals vergessen!»

«Schon in Ordnung», sagte Rike, und die anderen nickten unisono. «Haben wir gern getan.»

«Du, Erich?», sagte Herr Bednarz. «Läutest du mal bei Zander – und Bednarz?»

Erich drückte auf die Klingel. Mit einem kräftigen Summen öffnete sich die Tür.

Frank Bednarz hob seine Frau auf seine Arme.

«Einmal schon hab ich dich über die Schwelle getragen», sagte er. «Damals, an unserem Hochzeitstag. Jetzt geschieht es zum zweiten Mal. Auf unser neues Leben, Gundel!»

Rike und Silvie sahen sich an. Beide verspürten sie ein sehnsuchtsvolles Ziehen in der Herzgegend. Es kam nicht allzu oft vor, dass die Schwestern vom Ku'damm das Gleiche dachten.

Doch in diesem Moment war es so.

NACHWORT

Berlin am Ende des ersten vollen Nachkriegsjahres 1946: eine Stadt im Würgegriff arktischer Temperaturen. Der Kälteeinbruch hatte bereits im November 1945 eingesetzt; seitdem regierte der «weiße Tod», der die Menschen in ihren ungeheizten Wohnungen erfrieren ließ. Das Wasser gefror in den Gläsern; Leitungen platzten, Eisblumen verhüllten die Fenster. Viele der Berliner lebten in doppelt, manchmal bis zu dreifach belegten Wohnungen, in Behelfsheimen, Wellblechbaracken, «Nissenhütten» genannt, einige sogar in Kellern – und sie hatten nur ein Ziel: diesen Jahrhundertwinter zu überstehen. So blieb ihnen nichts anderes übrig, als die Hungerrationen auf den von den Besatzungsmächten ausgegebenen Lebensmittelkarten durch den Tauschhandel auf dem Schwarzmarkt und durch Hamsterfahrten zu den Bauern im Umland aufzubessern, was bei weitem nicht allen gelang. Der «schwarze Hunger» war quälend und allgegenwärtig. Er bedrohte ganz Europa, am schlimmsten die Sowjetunion, wo zwischen 1946 und 1948 rund zwei Millionen Menschen starben.

Die mageren Zuteilungen der Besatzungsmächte in Deutschland und speziell in Berlin waren also keine Schikane; es gab einfach nicht genug zu essen. Der Sommer 46 war trocken und viel zu heiß gewesen. So blieben die Ernteerträge selbst hinter den bescheidensten Erwartungen zurück, auch weil es die vielen Zwangsarbeiter nicht mehr gab, die im Krieg die Erntearbeit hatten leisten müssen. Der Mangel traf vor allem die Menschen in den Städten. Hier fiel die Tagesration an Nahrungsmitteln unter 1000 Kalorien – die Hälfte des normalerweise Benötigten.

«Wer hungert, der kann auch frieren» – irgendwann gingen sogar den Berlinern die flotten Sprüche aus. Das Beschaffen von Brennmaterial wurde immer schwieriger und führte zum Abholzen der Bäume in den Parks. Zwar bezeichnete der Kölner Erzbischof Josef Frings in seiner berühmt gewordenen Silvesterpredigt zum Jahreswechsel 1946/47 den Kohlenklau von Güterzügen als «menschlich» – was zum Begriff «fringsen» führte –, wurde man allerdings dabei erwischt, folgten dennoch in Berlin und anderswo empfindliche Strafen.

Die Militärregierung drohte an diesen Herausforderungen zu scheitern – und zwar in allen Berliner Sektoren. Denn die Menschen lebten in einer Stadt, deren für die Versorgung unerlässliche Infrastruktur noch immer schwer geschädigt war. Kriegszerstörungen konnten aus Materialmangel und wegen fehlender Arbeitskräfte – ganze Jahrgänge waren ja im Krieg gefallen – nur notdürftig beseitigt werden. Der Eisenbahnverkehr kam wegen der Kälte teilweise zum Erliegen. Brennstoff- und Treibstoffmangel, ein marodes Schienennetz und fehlende Lokomotiven taten ein Übriges.

Aber auch wichtige Wasserstraßen waren zugefroren. Mit dramatischen Folgen.

Die ohnehin zu geringen Kohlenlieferungen aus dem Ruhrgebiet gerieten ins Stocken. Als Folge mussten die Versorgungsbetriebe die Energieerzeugung rigoros einschränken. So konnten die Haushalte nur noch zu bestimmten Stunden mit Strom und Gas beliefert werden. Auch Krankenhäuser und Schulen litten unter der Kälte. Brachten die Schüler keine Briketts mit, fiel der Unterricht notgedrungen aus, mancherorts über Wochen.

Dazu kamen die rund 14 Millionen Flüchtlinge aus den ehemaligen deutschen Ostgebieten, die ebenfalls eine Unterkunft brauchten und ernährt werden mussten. Heute, 75 Jahre nach Kriegsende, sind sie bestens integriert; damals begegneten ihnen viele der Eingesessenen mit Argwohn und Misstrauen. Als Tochter einer Mutter, die in Nordböhmen zu Hause war und als junges Mädchen Vertreibung und Flucht erleben musste, weiß ich aus Mamas Erzählungen, wie schwer sie es damals hatten.

Die von «Nirgendwo», die nichts hatten, sich nicht auskannten, anders redeten und womöglich auch noch einer anderen Glaubensrichtung angehörten, waren im zerstörten Deutschland zunächst alles andere als erwünscht. Zum Glück dachten auch schon damals nicht alle Deutschen so – wie die Thalheims, die sich in «Weihnachten am Ku'damm» der kleinen Familie Bednarz aus Breslau liebevoll annehmen und deren Weihnachten heller machen – mit den bescheidenen Mitteln, die ihnen zur Verfügung stehen.

Es hat mir viel Freude gemacht, mich wieder bei den Schwestern am Ku'damm aufzuhalten, und ich hoffe von Herzen – Ihnen auch.

Brigitte Riebe

© Schelke Fotografie

ÜBER DIE AUTORIN

Brigitte Riebe ist promovierte Historikerin und arbeitete zunächst als Verlagslektorin. Sie hat mit großem Erfolg zahlreiche Romane veröffentlicht, in denen sie die Geschichte der vergangenen Jahrhunderte lebendig werden lässt. Ihre Bücher wurden in mehrere Sprachen übersetzt. 2018 erschien der Auftakt ihrer großen 50er-Jahre-Reihe über drei Schwestern und ihr Kaufhaus am Ku'damm: «Jahre des Aufbaus» dreht sich um die älteste Thalheim-Tochter Rike. Band 2, «Wunderbare Zeiten», erzählt die Geschichte der mittleren Schwester Silvie. Der dritte Teil, «Tage der Hoffnung», widmet sich Nesthäkchen Florentine. Die Autorin lebt mit ihrem Mann in München.